HAYMON verlag

Teddy Podgorski

Geschichten aus dem Hinterhalt

[handwritten dedication:]

21.10.2010

Liebe Astrid,

alles Liebe zum
Geburtstag!

Viel Spaß beim lesen .....

Dein
Markus

© 2010
HAYMON verlag
Innsbruck-Wien
www.haymonverlag.at

Alle Rechte vorbehalten. Kein Teil des Werkes darf in
irgendeiner Form (Druck, Fotokopie, Mikrofilm oder in einem
anderen Verfahren) ohne schriftliche Genehmigung des Verlages
reproduziert oder unter Verwendung elektronischer Systeme
verarbeitet, vervielfältigt oder verbreitet werden.

ISBN 978-3-85218-644-3

Umschlag- und Buchgestaltung:
Kurt Höretzeder, Büro für Grafische Gestaltung, Scheffau/Tirol
Mitarbeit: Ines Graus
Umschlagfoto: Kurt-Michael Westermann

Gedruckt auf umweltfreundlichem,
chlor- und säurefrei gebleichtem Papier.

Vorwort

Geschichten, Geschichten, Geschichten – was ist das denn eigentlich? Geschichte, ja! Aber der Plural?

Es ist im Grunde ganz einfach: Die Geschichte reicht nicht aus für all die Geschichten, die in ihr Platz haben müssten. Wir wollen uns daher die Geschichten einzeln vorknöpfen und nachschauen, ob etwas dahintersteckt. Die Auswahl ist groß, denn jeder Stein, jeder Baum, jedes Tier, jeder Mensch, mit einem Wort das gesamte Inventar unserer Erde hat eine Geschichte, sie verfolgen uns wie Schlagschatten. Wir sollten sie ans Licht holen und auf ihren Wert untersuchen.

Die Menschen erzählen reihenweise Geschichten – aber will man sie auch hören? Viel zu viele ergeben keinen Sinn. Viele von ihnen sind Schatten, die nur ihren Spender reflektieren – das ist ziemlich langweilig für einen Erzähler und für seine Zuhörer. Dann gibt es Geschichten, die keinen Sinn haben, sondern nur eine Pointe – das ist ärgerlich. Und dann gibt es Anekdoten, die ausschließlich davon leben, dass man mit den handelnden Personen vertraut ist.

Was ist dann eine gute Geschichte? Ich glaube, eine gute Geschichte handelt von Menschen, die über ihren eigenen Schatten springen wollen.

Besonders interessant wird es, wenn solche Geschichten mit Österreich zu tun haben, denn die Art, wie Österreicher über ihren Schatten springen wollen, ist allen anderen nicht nur nicht vertraut, sondern völlig unverständlich. Vieles wurde ja schon über die sogenannte österreichische Seele geschrieben, von Dichtern, Denkern und Wissenschaftlern – aber erklären konnte sie bis jetzt noch keiner.

An diesem Punkt der Österreicherforschung angelangt, können wahrscheinlich nur mehr Geschichten hilfreich sein.

Die Geschichte meiner Schreibmaschine
Olympia International Ser. Nr. 6849

Es ist eigentlich noch gar nicht so lange her, dass sie erfunden wurde, die Schreibmaschine, und schon ist sie wieder weg. Ab sofort wird lautlos geschrieben. Zum ersten Mal in der Geschichte der Menschheit.

Assyrer, Babylonier und Ägypter haben ihre Mitteilungen hell klingend in den Stein gemeißelt. Schon von weitem konnte man hören: Hier findet Literatur statt. Die Römer legten alles Wissenswerte mit aufjaulenden Griffeln auf Schiefertafeln nieder. Nur der Geheimdienst des Marcus Iunius Brutus arbeitete mit Wachstafeln. Später glitten kreischende, sich spragelnde Federkiele – bald auch stählerne Federn – mit lautem Stöhnen über das holzige Papier und ließen so manche blaue Träne fallen.

Mit den Maschinen des Industriezeitalters kam auch die Schreibmaschine. Ihr lautes Klopfen war im Lärm der ausbeuterischen Fließbandtransmissionen deutlich zu hören. Es war der Produktionslärm aller Arbeiter der Stirn. Die großen Wahrheiten der Menschheit wurden also sehr geräuschvoll auf die Welt gebracht.

Jetzt ist es still. Man hört nichts mehr. Was macht der Dichter von nebenan? Dichtet er? Denkt er? Denken ist heute fast noch lauter als schreiben. Die Geburtswehen, mit welchen auch die trivialste Literatur geboren wird, bleiben dagegen unbemerkt. Kein Durchschießen mehr, keine plötzlichen Pausen, kein Klingeln am Ende der Zeile, kein dumpfer Anschlag des Wagens, wenn er im Überschwang der Einfälle nach rechts geschleudert wird. Nichts.

Und als ob das nicht schon genug wäre: Wie soll man denn heute den Beginn der Arbeit hinausschieben? Man hat kein Papier mehr, das man umständlich einspannen könnte. Es gibt kein Farbband mehr, das man nach umfassenden technischen Eingriffen verkehrt montiert, sodass es nur mehr rot schreibt. Es gibt keine Buchstabenklumpen mehr, die man vorsichtig trennen muss. Mit einem Wort, man hat keine Ausreden mehr, um den Anfang zu verzögern.

Der Computer lässt uns keinen Spielraum mehr. Keine Pufferzone zwischen Wollen und Können. Kein Schlupfloch für den Selbstbetrug.

Die Schreibmaschine war toleranter und deshalb auch beliebter. Außerdem war sie ein Instrument für Virtuosen. Fast jede Woche erfuhren wir von Weltrekorden mit tausenden Anschlägen pro Minute, meist in der Kinowochenschau. Auch Österreicherinnen waren dabei – Schülerinnen der Handelsschule Weiß. Manchmal war es auch ein Mann – dann ging ein Raunen durchs Kino.

Dieses Raunen ging auch durchs Burgkino, das nur Filme in Originalsprache spielt. Hier traf sich die Schickeria von Wien. Seht her! Ich spreche Englisch, Französisch oder Italienisch!

Auch ich zerkugelte mich über englische Lustspiele, ohne ein Wort zu verstehen, während die Filme der

„Nouvelle Vague" kollektive Lähmungserscheinungen verbreiteten. Bei „Letztes Jahr in Marienbad" wurden immer wieder Fälle von Maulsperre bekannt – vom Gähnen. Aber alle, die ihr Mundwerk noch gebrauchen konnten, versicherten einander im Flüsterton ihr Entzücken über den intellektuellen Anspruch des Films.

Bei einem so elitären Publikum war die Kinowerbung von besonderer Bedeutung: bemalte Dias, die vom Operateur eingeschoben wurden: „Chat Noir", „Panair do Brasil" oder „Ivellio-Vellin – Schreibmaschinen Ankauf – Verkauf – Reparatur". Die größte Firma war aber damals zweifellos „Adolf Schuss und Söhne".

Ein Sohn dieses Hauses war einer der ersten Playboys von Wien. Zusammen mit Teddy Magrutsch (Wurstwaren), Kurt Barry (Reisebüro und Espresso) und etwas später Jochen Rindt. Sie hatten natürlich einen viel höheren Stellenwert als die heutigen Playboys, denn es gab viel mehr arme Leute. Aber keine Angst, das wird schon wieder werden.

Der Terminus „Playboy" kam erst über die amerikanischen Besatzer zu uns. Ebenso wie der beliebteste Radiosender Österreichs: „Rot-Weiß-Rot". Und damit wären wir wieder bei der Schreibmaschine.

Ich war Nachrichtensprecher beim Radio und musste mir oft um fünf Uhr früh die Nachrichten aus der Redaktion holen, die im Kuriergebäude in der Seidengasse Nummer 11 untergebracht war. Das Studio war auf Nummer 13.

Schon von weitem hörte ich das Hämmern der Schreibmaschinen, die während der ganzen Nacht von hübschen jungen Damen bedient wurden. Sie waren eine Mischung aus Doris Day und June Allyson. Aber viel erotischer. An ihren riesigen Schreibmaschinen sahen sie aus wie lebenslustige Witwen vor den Grabsteinen ihrer endlich verstorbenen Millionäre.

Eine von ihnen, Anni Fromme, wurde später Chefsekretärin des Fernsehdirektors Gerhard Freund. Sie schrieb auf ihrer riesigen Olympia eine „interne Mitteilung" vom Fernsehdirektor an Fernseh-Oberspielleiter Erich Neuberg: „Nach Lektüre des Drehbuches ‚Der Herr Karl' ersuche ich um eine Besprechung zwecks Festlegung der Produktionstermine. Durchschlag ergeht an Herrn Qualtinger/Herrn Merz …"

Durchschlag! Das war was. Es war gar nicht so einfach, das blaue oder schwarze Pauspapier richtig einzulegen. Jedenfalls nicht für durchschnittlich intelligente Maschinschreiber wie mich. Nicht nur einmal hatte ich die Texte in Spiegelschrift auf der Rückseite des Manuskripts. Vor allem, wenn es schnell gehen musste, wie beim aktuellen Dienst, wo ich Redakteur war. Aber die Erfinder schliefen nicht. Bald gab es für die Redaktion der „Zeit im Bild" verschweißte Manuskriptblöcke: ein weißes Originalblatt, ein Kohlepapier, ein Durchschlagsblatt, ein Kohlepapier, ein Durchschlag usw. – eine Dobos-Schnitte des Weltgeschehens.

Die Durchschläge wurden an die Mitarbeiter verteilt. An der Leserlichkeit beziehungsweise Unleserlichkeit des Durchschlags ließ sich die Stellung des

Mitarbeiters innerhalb der Hierarchie ablesen – wer statt des dritten Durchschlages plötzlich den fünften bekam, hatte zwar weniger Verantwortung, weil er ja fast nicht lesen konnte, was man ihm mitteilte, aber er musste auf der Hut sein. Der letzte, absolut unleserliche Durchschlag ging in die „Ablage", was heute die Identifizierung so mancher Archivfilme unmöglich macht.

Meist allerdings tippten wir Redakteure unsere Texte ohne Durchschläge und gaben sie dann einer Schreibkraft, die sie ins Reine schrieb. Mit Durchschlägen. Eine Schreibkraft hat mich besonders beeindruckt. Sie konnte nicht nur in einem wochenschaureifen Tempo tippen, sondern noch dazu blind. Denn sie hatte einen derart großen Busen, dass es ihr unmöglich war, auf die Tastatur ihrer Schreibmaschine zu blicken. Sie konnte beim Schreiben auch an etwas anderes denken, ohne einen Tippfehler zu machen. So saß sie also da, sah mit leerem Blick durchs Fenster auf die Meidlinger Singrienergasse und träumte davon, in einem Fellini-Film mitspielen zu dürfen, während ihre Finger unter ihren Brüsten über die Tasten rasten. Sie hieß Alice Straka. Ihr Busen spielte später in einem Fellini-Film.

Mit der Erfindung der Kofferschreibmaschine und deren Evolution zur Reiseschreibmaschine wurde die Schriftstellerei verwegener. Viele Dichter verließen ihre Schreibstuben, viele Journalisten ihre Redaktionen, Reporter warfen ihre Bleistifte weg und zogen mit ihren flachen, leichten Reiseschreibmaschinen in den Krieg oder in ein Stadion. Manche setzten sich

auch nur in ein Kaffeehaus, hämmerten fesch drauflos und ließen sich bewundern.

Ich kaufte mir 1970 eine grüne Olivetti. Mit ihr im
Gepäck reiste ich nach New York, um dort an Ort und
Stelle, nämlich im Madison Square Garden, das letzte Ka-
pitel meines Buches über Muhammad Ali zu schreiben.
Dieses letzte Kapitel befasste sich mit dem sogenann-
ten „Kampf des Jahrhunderts" zwischen Muhammad
Ali und Joe Frazier.

Als ich am Vortag des Kampfs in den „Garden"
ging, um mich zu informieren, und die NBC-Leute
bei ihren Vorbereitungen zur TV-Übertragung beobachtete, musste ich aufs Klo. Die Schreibmaschine
nahm ich mit. Dort wusste ich dann nicht wohin damit
und stellte sie neben der Waschmuschel ab. Als ich
mich nach ihr umdrehte, stolperte gerade ein Herr
in einem blauen Lurex-Anzug darüber. Es war Burt
Lancaster. Er sollte den Boxkampf fürs Fernsehen präsentieren und kam von der Generalprobe.

Mein Freund Bill Cayton, der sämtliche Film- und
Fernsehrechte aller WM-Kämpfe aller Zeiten besaß –
nicht zuletzt weil er ein ungestörtes Verhältnis zum
italienischsprachigen Bevölkerungsteil von New York
pflegte –, stellte mich nicht nur dem großen Muhammad Ali vor, sondern verschaffte mir auch einen Platz
am Ring, unweit von Norman Mailer, der dort eben-
falls mit seiner Reiseschreibmaschine saß.

Während des Kampfes war ich so aufgeregt, dass
ich zu schreiben vergaß. Dann siegte auch noch der
falsche Mann. Der Held meines Buches war geschla-

gen. Weltmeister war Joe Frazier. Das musste ich erst
einmal verkraften.

Und vor allem musste ich das letzte Kapitel im
Flugzeug schreiben. Hier zeigte sich wieder einmal,
dass den Reiz einer Schreibmaschine das Geräusch
ausmachte, das sie verursachte. Die AUA-Maschine
war halbleer. Ich hatte eine ganze Sitzreihe für mich
alleine und hämmerte verbissen drauflos, in der Hoffnung, das Buch doch noch verkaufen zu können. Das
Klappern schwebte monoton durch die Kabine der
Boing 707. An der Türe zur First Class war es nur mehr
schwach zu hören, wie das ferne Stakkato eines bis
in die Stratosphäre reichenden Klapotetz.

Die Stewardessen schlichen auf Zehenspitzen an
mir vorbei und tuschelten mit fragenden Blicken. Sie
ahnten ja nicht, dass ich über das grausame Handwerk
des Boxens schrieb. Vielleicht hielten sie mich sogar
für einen Lyriker, der um eine Formulierung von der
ewigen Liebe rang? Vielleicht hielten sie mein Klopfen für Morsezeichen einer empfindsamen Seele, für
Positionsmeldungen von einer intergalaktischen Reise
des Intellektes? Nur so wäre es zu erklären, dass sie
mich in den Tipp-Pausen, die ich brauchte, um nachzudenken, und in denen ich einen Gesichtsausdruck
annahm wie ein Hund, der sein großes Geschäft ver-
richtete – nur so wäre es also plausibel, dass sie ver-
suchten, mir jeden Wunsch von den Augen abzulesen.
Es gab keinen Zweifel: Begleitet von uniformierten
Musen flog ich hoch über den Wolken auf einem vier-
motorigen Pegasus.

Heute, fast 40 Jahre später, versucht einer meiner Freunde, dasselbe Ansehen zu gewinnen – mit einem winzigen Laptop. Aber die Sache funktioniert nicht. Weder im Flugzeug noch in Kaffeehäusern, Nachtlokalen oder Hotels. Man hört ihn nicht. Man sieht ihn nur sitzen wie den oben erwähnten Hund und irgendetwas machen, das wie Läusesuchen aussieht. Und damit hat sich's.

Vielleicht wird man irgendwann einen Computer bauen, der beim Schreiben Melodien produziert. Das kann doch nicht so schwer sein. Es ist nämlich wichtig, dass man einen Dichter bei der Arbeit belauschen kann.

Das Gutruf

Das Gutruf war das Stammlokal von Helmut Qualtinger. Und bald auch meines, denn die Runde, die dort zusammenkam, repräsentierte mehr oder weniger die Off-Kulturszene von Wien.

Im Mittelpunkt der allgemeinen Bewunderung stand natürlich Qualtinger. Er brachte immer wieder berühmte und interessante Leute ins Lokal, mit denen er gerade irgendetwas produzierte.

Eines Tages kam er in Begleitung von Ulrich Becher, dem Autor des „Bockerer". Sein Stück „Samba" wurde gerade in den Rosenhügel-Ateliers des ORF mit Helmut Qualtinger und Helmut Lohner in den Hauptrollen gefilmt. Regie führte der aus Wien stammende Hollywood-Regisseur William Dieterle. Dieterle und Becher konnten einander nicht riechen, denn Becher stand bei den Dreharbeiten immer im Studio und nörgelte an der Regie herum.

Einige Tage später erschien Qualtinger nach einem Dreh im Gutruf und sagte: „Stellt euch vor – der Dieterle hat den Becher außeg'haut. Er hat Studioverbot."

Großes boshaftes Gelächter.

„Wisst's was", meinte Qualtinger weiter, „ich ruf jetzt den Becher im Hotel an und geb mich als Regieassistent Vizvary aus, der ihm eine Entschuldigung vom Dieterle übermitteln will."

Im Lokal stand eine Telefonzelle, also schritt Qualtinger gleich zur Tat. Wir alle hinterdrein, wabernd vor Bosheit.

Qualtinger meldete sich bei der Telefonistin des Hotels Regina mit perfektem ungarischem Akzent: „Hier spricht Vizvary von österreichischer Television. Verbinden Sie mich bittaschön mit Herr Becher Ulrich."

Qualtinger blickte siegessicher in die Runde, dann hatte er die Verbindung.

„Entschuldigen Sie tausendmal, Herr Becher, Vizvary spricht, aber Herr Dieterle ist total traurig über gestrige Vorfall in Rosenhügel-Atelier. Es tut ihm leid, dass er großen Dichter beleidigt hat und möchte entschuldigen. Auch die Schauspieler sind sehr traurig, dass Sie nicht mehr im Atelier mit Rat und Tat zur Stelle sind. Besonders morgen. Wichtige Szene mit Helmut Lohner. Herr Dieterle würde das gerne mit Ihnen besprechen, vielleicht könnten Sie schon um 6 Uhr früh …"

Dann bekam Qualtinger einen irrlichternden Blick und legte stumm den Hörer auf. Er sah entgeistert in die Runde.

„Ja was ist denn los?", riefen alle.

Qualtinger schluckte und sagte: „Der Vizvary sitzt grad beim Becher."

Mittelwelle

Wenn man schon ein Monument wie den Mittelwellensender auf dem Bisamberg nördlich von Wien zum Einsturz bringt, wie es 2010 geschehen ist, dann sollte man zumindest dessen Anfänge nicht unerwähnt lassen.

Die hochangesehenen Radioingenieure der Österreichischen Radio-Verkehrs-Aktiengesellschaft, kurz RAVAG genannt, suchten seinerzeit einen geeigneten Platz für einen modernen Mittelwellensender – die Zeit der Detektoren war schließlich vorbei. Nach peniblen Berechnungen wurden sie fündig: Ein ganz bestimmtes Grundstück wurde vermessen und für gut befunden.

Genau dieses Grundstück gehörte aber einem gewissen „Kernreiter Rudl". Dieser wies sich als ehemaliger Kutscher eines Erzherzogs aus, was plausibel klang, denn er war noch ordinärer als der Kutscher des ehemaligen Kronprinzen Rudolf namens Bratfisch.

Der „Kernreiter Rudl" verlangte für den Verkauf seiner Wiese nicht nur den zehnfachen Verkehrswert, sondern auch eine Fixanstellung bei der RAVAG. Der Handel wurde abgeschlossen, der Sender gebaut und der „Kernreiter Rudl" wurde Kraftfahrer auf einem Übertragungswagen.

Das schlechte Programm von Radio Wien, das über den Sendemasten übertragen wurde, verfolgte mich seit meiner Kindheit. Vor allem Musiksendungen: Der Nachmittag gehörte den sogenannten Salonorchestern. Sie spielten Charakterstücke oder Suiten mit Titeln wie „Am Waldesrand", „Ein Student geht vorbei", „Drei Nymphen am See" von Komponisten wie Alois Pachernegg oder Émile Waldteufel. Und alles kam wie ein Tsunami auf Mittelwelle über den Bisamberg.

Diese Welle schwemmte mich später auf meiner studentischen Jobsuche in den Himmel: Ich wurde Sprecher und Reporter beim amerikanischen Sender „Rot-Weiß-Rot". Dort gab es die beste Musik, die besten Nachrichten, die besten Unterhaltungssendungen. Und unser Sender stand am Kahlenberg.

Der Österreichische Staatsvertrag, ein Glück für die Nation, war ein Unglück für „Rot-Weiß-Rot": Die Amerikaner zogen ab, der Sender wurde zugesperrt. Schluss mit „Vergnügt um elf" und Fred Ziller, Schluss mit der „Radiofamilie", Schluss mit dem „Watschenmann" und Schluss mit „Musik zum Träumen" mit Luise Martini und Teddy Podgorski. Jetzt regierten wieder die „Nymphen am See".

Wer von uns das Glück hatte, bei Radio Wien als Asylant aufgenommen zu werden, dem öffnete sich im Funkhaus eine Harry-Potter-Welt der Dreißigerjahre. Alle Angestellten trugen weiße Arbeitsmäntel und waren über 40 Jahre alt. Sie waren immertreue Diener des Regimes, sei es bei der Heimwehr, wie der amtierende Direktor Henz, oder bei der NSDAP, oder bei beiden. Der Generaldirektor hieß Übelhör und wohnte in der Taubstummengasse.

Es gab im ganzen Haus kein Toilettenpapier. Das wurde nur einmal pro Woche an die Fixangestellten ausgegeben. Meine Bezugsperson war ein Fixangestellter namens Stockhammer. Er hatte die schwere Aufgabe zu bewältigen, eine Sendung mit dem Titel „Bericht aus Berlin" von 20 auf 10 Minuten zu kürzen.

Ich sollte ihn dabei entlasten, was wirklich nicht leicht war – schließlich sollte ja der Sinn und der Inhalt dieses Berichtes im Wesentlichen erhalten bleiben. Verzweifelt und schwitzend quälte ich den Techniker im Tonstudio. Der meinte schließlich, dass mein Chef, der Herr Stockhammer, viel schneller wäre als ich.

Und tatsächlich: Er musste ein Genie sein. Kaum war er im Schneideraum verschwunden, kam er schon wieder mit der bearbeiteten Rolle zurück.

„Wie machen Sie das, Herr Stockhammer?", fragte ich ihn. Da lächelte er milde, nahm mich in den Schneideraum mit, startete das Tonband und schnitt es nach 10 Minuten ab. Voilà!

Nach diesem lehrreichen Einstieg in die Mittelwelle durfte ich auch manchmal auf Reportage fahren. Einmal musste ich zum israelischen Botschafter. Mit dem „Kernreiter Rudl". Ein Himmelfahrtskommando.

Der Botschafter war sehr nett und bot mir nach dem Interview ein Glas Carmel-Wein an. Ich lehnte mit dem Hinweis auf den wartenden Fahrer ab, doch statt mich zu entlassen, rief der Botschafter – meinen flehentlichen Protesten zum Trotz – den „Kernreiter Rudl" herein. Das konnte nicht gut gehen.

Der Botschafter war gut aufgelegt und erzählte einen jüdischen Witz:

Sitzen zwei Juden in einem Hotel in Tel Aviv. Sagt der eine zum anderen: „Entschuldigen Sie, von wo sind Sie?"

Sagt der andere: „Aus New York."

„Aus New York? Allerhand. Was machen Sie in New York?"

„Ich hab eine Zeitung."

„Sie haben eine Zeitung? Wie heißt die Zeitung?"

„SEMIT."

„SEMIT? Und davon können Sie leben?"

„Die Goim lesen verkehrt: „TIMES."

Der Botschafter erstickte vor Lachen. Der „Kernreiter Rudl" wurde dagegen immer argwöhnischer. Erstens hatte er den Witz nicht verstanden, zweitens schmeckte ihm der Carmel-Wein nicht.

Dann erzählte der Botschafter noch, leutselig wie er war, über das Leben in Israel. Er beklagte, dass alles teurer würde, dass die Fußballer schlecht spielten, dass die Autobusse unglaubliche Verspätungen hatten und die Politiker machten, was sie wollten.

Dann unterbrach er, um noch etwas Carmel-Wein zu holen.

In diese Pause sagte der „Kernreiter Rudl": „Also des is guat, sehr guat! Des is ja genauso wie bei uns – bei de Weißen."

20

Man könnte natürlich sagen, dass das alles nicht hier-
hergehört. Ich glaube schon. Man hätte das alles sagen
sollen, bevor man den Mittelwellensender auf dem
Bisamberg gesprengt hat. Die Explosion wäre viel
prächtiger ausgefallen.

Airborn

Ich kann fliegen. Nur mit Hilfe eines Flugzeugs, versteht sich – aber immerhin.

Immer wieder werde ich gefragt: „Warum fliegst du eigentlich? Was ist da schon dran?" Was ist da schon dran! Die Frage ist so frech, so überheblich, dass sie mich sprachlos macht.

Menschen, die kaum gehen, geschweige denn laufen können, schweben auf einmal durch die Luft. Was ist da schon dran? Tausende Tonnen schwere Apparate aus Eisen und Stahl kreisen mühelos wie Saatkrähen durch die Luft. Was ist da schon dran? Leute, die insgeheim noch immer glauben, die Erde sei flach, fliegen mit Kind und Kegel durch die Luft nach Afrika. Was ist da schon dran? Ich weiß es, aber ich vermag es nicht zu erklären. Ich kann stattdessen nur die Geschichte meines Freundes Hans Tronberg erzählen.

Es gab einmal eine Zeit, da war das Fliegen verboten. Es war die Zeit, in der Österreich von vier Besatzungsmächten beherrscht wurde und auf seinen Staatsvertrag wartete. Diese Zeit war schlimm für Tronberg. Denn Tronberg war Flieger. Er konnte nichts anderes als fliegen. Vor allem wollte er auch nichts anderes.

Er hatte sich im Krieg freiwillig zu den Fliegern gemeldet. Er wollte nicht kämpfen, er wollte fliegen. Aber damals durften nur Soldaten fliegen, also wurde er Soldat. Als er seine Grundausbildung beendet hatte, war der Krieg vorbei und damit auch der Traum vom Fliegen.

Tronberg wurde Magistratsbeamter. Täglich fuhr er von seiner Wohnung in der Hütteldorfer Straße mit dem 49er in sein Amt und wieder zurück. Im 49er lernte er auch seine Frau Elisabeth kennen. Sie stieg schon zwei Stationen vor Tronberg aus und musste wieder hundert Meter zurückgehen zu einem Spielwaren- und Bastelgeschäft, wo sie als Verkäuferin arbeitete. Als Tronberg Elisabeth zum ersten Mal vom Geschäft abholte und vor dem Schaufenster stand, empfand er plötzlich wieder jene Sehnsucht, diese Begierde, wie er sie zum ersten Mal als Halbwüchsiger empfunden hatte. In der Auslage hing das Modell eines SG 38, jenes Segelgleiters, mit dem er seine ersten Schulflüge gemacht hatte. Dieses Modell musste er haben.

Er bekam es. Elisabeth brachte es als Mitgift in die Ehe mit. Schon am Tage der Hochzeit, als die Gäste aus der kleinen Wohnung in der Hütteldorfer Straße gegangen waren, begann Tronberg mit dem Bau des SG 38. Nach zwei Flitterwochen war der Flieger fertig.

An einem Hang unweit der Himmelhofschanze erfolgte der Start zum Jungfernflug. Mit einem sanften Stoß schob Tronberg das Flugzeug in den Aufwind. Rasch gewann es an Höhe, ließ eine Tragfläche etwas hängen, richtete die Nase steil nach oben, verlor an Fahrt, stürzte senkrecht zur Erde, holte wieder Schwung und begann steil zu steigen, bis es neuerlich stürzte. Es pumpte schräg am Hang und zerschellte schließlich. Die Tragflächen fielen vom Rumpf und der Bug bohrte sich in die Erde.

„Viel zu schwanzlastig getrimmt", sagte Tronberg zu ein paar Buben, die den Testflug genau verfolgt hatten. Mit einigen Bleigewichten korrigierte Tronberg die Trimmung, fixierte die Flächen und setzte einen Marienkäfer auf den Pilotensitz. Dann startete er die Maschine zum zweiten Flug. In einem weiten Bogen flog sie ins Tal, begann leicht zu sinken und bekam im richtigen Moment wieder etwas Thermik. Der Flug schien gar nicht mehr enden zu wollen. Tronberg beneidete den Marienkäfer.

Fortan verbrachte Tronberg jedes Wochenende am Himmelhof. Seine Frau begleitete ihn nie. Sie war nicht glücklich. Für die Kinder vom Himmelhof war Tronberg dagegen ein Guru der Aviatik. Wenn es zum Fliegen zu windig war, erzählte er ihnen vom Krieg. Diese Geschichten kannten sie zwar schon von ihren Vätern, aber Tronberg erzählte mit ausgebreiteten Armen vom Fliegen.

Eines Tages fragte ein Bub, der sich auf Modelle mit Gummimotor spezialisiert hatte: „Könnten Sie noch fliegen? Ich meine ganz wirklich, selber?"

„Natürlich", sagte Tronberg, „warum denn nicht? Das verlernt man nie."

„Warum fliegen Sie dann nicht?"

„Weil es verboten ist", antwortete Tronberg, „und außerdem habe ich kein Flugzeug."

„Dann bauen Sie sich halt eines", bemerkte der Bub mit dem Gummimotor.

„Das ist auch verboten", sagte Tronberg und ging früher als sonst. Seit diesem Tag wurde er auf dem Himmelhof nicht mehr gesehen.

Die Wohnung in der Hütteldorfer Straße war zwar nicht groß, aber wenn man die Türen zwischen Vorzimmer, Kabinett und Küche aushängte, wäre Platz für den Rumpf eines Segelflugzeuges, überlegte Tronberg. Die Tragflächen müsste man natürlich in Teilstücken anfertigen. Tronberg wusste, was er zu tun hatte. Er hielt es daher auch nicht für nötig, sein Projekt mit seiner Frau zu besprechen.

Als Elisabeth eines Tages vom Bastlergeschäft heimkehrte, war die Kredenz an die andere Wand gerückt. Der Esstisch war im Schlafzimmer und die Türen standen auf dem Gang neben der Bassena. Durch die Zimmerflucht war mit Holzleisten der Grundriss des Rumpfes eines „Zugvogels" ausgelegt. Die Konstruktionspläne dieses Segelflugzeugs hatte Tronberg über den Krieg und die englische Gefangenschaft gerettet, und noch vor wenigen Wochen hatte ihm seine Frau davon Kopien angefertigt.

„Bitte nicht", sagte sie und begann zu weinen, „du kannst mir das nicht antun."

Elisabeth hatte schon seit langem ihre eigenen Pläne gemacht, wie die Wohnung gemütlicher gestaltet werden solle: Ein neuer Fußboden war dringend nötig, eine Einbauküche, eine hübsche Sitzgarnitur und neue Vorhänge. Eines nach dem anderen natürlich, wie es eben die Ersparnisse zuließen. Und jetzt dieses Flugzeug! Elisabeth wusste, wie teuer schon allein Modellflieger waren. Was würde erst dieses Monstrum Geld verschlingen! Sie fühlte sich verletzt und gedemütigt. Gleichzeitig war sie wütend, weil hier zwischen Zimmer, Küche und Kabinett ein EIN-sitzer gebaut werden sollte.

„Ich werde das in meiner Wohnung nicht zulassen", sagte sie so dezidiert, wie sie nur konnte.

„Es ist meine Wohnung", antwortete er.

„Unsere Wohnung", beharrte sie.

„Nur weil du mich geheiratet hast, gehört die Wohnung nicht dir!"

Tronberg ging zur Psyche, wo später das Cockpit sein würde, und stellte sie vors Fenster.

„Schau", meinte er und legte den Arm um seine Sissy, „in einem Jahr ist der Zugvogel fertig und wir lachen beide über unseren Streit."

Elisabeth konnte sich nicht vorstellen, jemals wieder lachen zu können. Für sie begannen Monate des Leidens. Kein Kino, kein Theater, kein Urlaub, kein Auto, keine Kinder, keine Möbel, keine Kleider … das gesamte Geld wurde in das Flugzeug gesteckt. Auch das ihre, versteht sich.

Der Zugvogel wurde währenddessen größer und größer. Und jeden Tag begann sie ihn mehr zu hassen. Manchmal ging sie um eine Stunde früher aus dem Geschäft weg, damit sie noch vor Tronberg in der Wohnung war. Dann löste sie behutsam die eine oder andere Klebestelle oder lockerte eine Schraube. Tronberg fiel das nicht weiter auf, denn er wusste, dass die Konstruktion so viel Spannung hatte, dass man immer wieder nachkleben musste. Elisabeth gab schließlich auf, als sie erkennen musste, dass sie die Arbeit ihres Mannes nur verzögern, aber niemals verhindern konnte.

Es war das Werk seines Lebens. Er arbeitete bis spät in die Nacht und freute sich beim Einschlafen schon auf den Moment des Erwachens. Da fiel dann sein erster Blick auf das fast fertige Leitwerk, das neben dem Muttergottesbild an der Schlafzimmerwand emporragte. Mit seiner Frau redete er so gut wie nicht mehr. Es fiel ihm aber nicht auf. Im Gegenteil: Er war überzeugt, eine sehr gute Ehe zu führen.

Elisabeth war immer seltener zu Hause. Sie hatte ja auch keinen Platz mehr. Sie konnte sich nur noch vorsichtig an den Wänden entlangtasten, wenn sie sich in der Wohnung bewegen wollte. Sie gehe zu Freunden, sagte sie, oder zu ihrer Mutter. Tronberg war es recht. Ein Mann, der sein Werk vollenden muss, ist gutgläubig.

Acht Monate und vier Tage nach Baubeginn verlangte Elisabeth eine sogenannte „Aussprache".

Für Tronberg war das nichts Ungewöhnliches. Seit er den Zugvogel baute, hatte es unzählige „Aussprachen" gegeben.

„Also", sagte er, „was gibt's, Sissy?", und lackierte währenddessen sorgfältig die Bespannung.

„Entweder ich", drohte sie, „oder das Flugzeug!"

Die Scheidung lief glatt ab. Totale Zerrüttung, Vernachlässigung und all das, was halt noch für diese Fälle vorgesehen ist. Tronberg nahm die Schuld auf sich. Natürlich war er sich trotzdem keiner Schuld bewusst.

Mittlerweile war es Frühling 1954 geworden und in den Zeitungen stand eine Meldung, die für Tronberg die wichtigste seit dem Ende des Krieges war: „In den von westlichen Alliierten besetzten Gebieten ist ab sofort das Fliegen mit Segelflugzeugen erlaubt."

Tronberg verdoppelte sein Arbeitstempo. Er nahm Urlaub und machte sich an die letzten Schritte: Einziehen der Steuerseile und Installieren der Instrumente. Nach elf Monaten war der Zugvogel fertig. In Teilen natürlich. Aber die Teile waren noch immer zu groß. Tronberg wohnte schließlich im dritten Stock und das Stiegenhaus war eng.

Das hatte er nicht bedacht, als er mit dem Bau begonnen hatte. Den Rumpf konnte man unmöglich über die Stiege nach unten schaffen. Als einziger Ausweg blieb das Abseilen aus dem Fenster. Aber das würde ein Vermögen kosten. Tronberg war pleite: das Flugzeug, dann die Scheidung, die Raten ... na ja.

Er überschlief dieses Problem und hatte am Morgen die Lösung: ein Inserat im „Neuen Österreich":

„Wer hilft unbemitteltem Flieger und Beamten, Flugzeug aus 3. Stock abzuseilen. Nur ernstgem. Zuschr. A.d.Vlg."

Außer einem Reporter des „Neuen Österreich" meldete sich niemand. Aber der leistete ganze Arbeit:

„Beamter überlistet Alliierte und baut ‚Zimmer-Kuchl-Kabinett-Bomber'", „Flugzeugwerft im Kabinett" und „Hütteldorfer Ikarus will fliegen".

Alles Weitere ging von selbst. Die Feuerwehr bot sich an, den „Zugvogel" abzuseilen. Die „Wochenschau" filmte die Aktion, bei der sich noch einige Komplikationen ergaben – das Küchenfenster war für den Rumpf zu eng und musste ausgebrochen werden.

Aber dann war es soweit: Am Leitwerk hängend schwebte der Flieger zu Boden. Die Tragflächen kamen fünf Minuten später. Tausende Menschen umstanden den Tieflader, der die Maschine zum Flughafen Zeltweg bringen sollte. In der ersten Reihe stand der Bub mit dem Gummimotor. Als Tronberg alles verstaut hatte, sprang er ins Führerhaus und fuhr nach Zeltweg.

Es war schon ziemlich spät, als Tronberg im Cockpit seiner Maschine saß, die er am nächsten Tag auf den Namen Sissy taufen wollte. Das Seil zur Winde war schon gespannt und er wartete auf das Signal zum Start. Auf den Bergen rund um den Platz hingen noch graue Wolkenplumeaus, die ein Nachmittagsgewitter hinterlassen hatte. Es war windstill.

Tronberg genoss diesen Augenblick. Er war am Ziel. Auf ihn wartete der Himmel. Er war so blau wie der Himmel auf dem Muttergottesbild in seinem Schlafzimmer – es konnte losgehen. Ein Ruck und die Maschine holperte über die Wiese, sprang ein paar Mal. Tronberg korrigierte mit dem Querruder und flog. Steil zog die Winde den Zugvogel hoch, wurde langsamer und klinkte aus. Tronberg drückte nach und holte Fahrt auf. In einer Linkskurve steuerte er zum Wald. Sein Zugvogel flog. Jetzt war er der Marienkäfer.

Sanft nahm er das Flugzeug aus der Schräglage und ging auf Gegenkurs. Und jetzt wieder geradeaus.

Aber die Maschine ging nicht mehr aus der Kurve.
Das Höhenruder sprach nicht an. Tronberg versuchte
es mit der Trimmung. Vergeblich. Die Maschine begann immer steiler zu kurven, sie war manövrierun-
fähig. Tronberg flog zu tief, um mit dem Fallschirm
abzuspringen. „Slippen", dachte er, „slippen ist die
einzige Chance."

Mit voller Kraft stieg er ins linke Seitenruder und
riss den Knüppel nach rechts. Rechts sah er schon die
Baumwipfel näher kommen – dann krachte er über
die linke Tragfläche rutschend in den Jungwald.

Als Tronberg nach der Operation aus der Narkose
erwachte, saß Sissy an seinem Bett.

„Du Dummkopf", sagte sie, „du Dummkopf...", und
streichelte seine Hand.

Drei Monate später haben die beiden wieder geheiratet. Ich weiß nicht, in welche Wohnung sie gezogen
sind. Ich weiß nur, dass Tronberg noch vor Weihnachten mit dem Bau eines Segelflugzeuges begonnen hat.
Diesmal sollte es ein „Bergfalke" werden. Einsitzig.

Jetzt werden Sie zu Recht fragen: Warum um Himmels Willen macht ein Mann so etwas???

Ich weiß es, aber ich vermag es nicht zu erklären.

PS.: Laut Untersuchungsbericht des Bundesamtes für
Zivilluftfahrt war die Ursache für den Absturz eine
lockere Schraube am Höhenruder.

Provisorium

Es gilt ja als erwiesen, dass Österreich ein Land der Provisorien ist. Aber ich glaube, dass man sich die Sache nicht so einfach machen darf. Es scheint nämlich nur so, als würden sich Provisorien hierzulande ewig halten.

Die Wahrheit sieht aber ganz anders aus: Große und wichtige Entscheidungen oder Projekte rufen zunächst langwierige Diskussionen und in den meisten Fällen auch Feinde auf den Plan. Alle Für und Wider müssen abgewogen werden, der politische Aspekt will beachtet sein und selbstverständlich ist die Finanzierung der größte Brocken, der bewältigt werden muss.

Um alle diese Imponderabilien zu umgehen, bezeichnet der Österreicher seine Pläne und Projekte als „provisorisch" und entledigt sich damit in den meisten Fällen der unangenehmen Widerstände. Einem Provisorium, das man ja theoretisch jederzeit ändern könnte, wird die Zustimmung in den seltensten Fällen versagt.

Als das Fernsehen in Österreich eingeführt wurde, nannte man es „Versuchsprogramm" und entzog es damit der politischen Diskussion.

Bevor aber das provisorische Fernsehen eingeführt wurde, hatte es schon einen provisorischen Direktor. Der hieß Gerhard Freund, war ein gelernter Schauspieler aus Baden bei Wien und hatte davor im Radio Gewerkschaftssendungen gestaltet. Bei ihm bewarb ich mich um eine fixe Mitarbeit beim Provisorium.

Nach einem ausführlichen Gespräch über meine potentiellen Fähigkeiten machte er meine Mitarbeit von einer kreativen Vorleistung abhängig. „Also passen S' auf", sagte er, „wir wollen eine aktuelle Sendung im zukünftigen Fernsehen machen. Ähnlich der Wochenschau im Kino, aber nicht einmal, sondern zweimal pro Woche. Schließlich wollen wir ja aktuell sein. An dieser Sendung könnten Sie mitarbeiten, wenn Ihnen ein Titel dafür einfällt. Also denken S' nach und kommen S' morgen wieder."

Ich verbrachte eine schlaflose Nacht, in der mir kein Titel einfiel. Wie könnte man bloß so eine Sendung nennen? „Tag für Tag"? Das ging nicht. Die Sendung sollte es ja nur zweimal pro Woche geben. „Zeitgeschehen – nah gesehen"? Das war auch blöd. Erstens war der Titel zu lang und zweitens hätte es ja heißen müssen „ferngesehen".

Ich verwarf eine Idee nach der anderen. Das Wissen um die Tatsache, dass mit dem Titel mein Job auf dem Spiel stand, verkrampfte meine Gedanken.

Hatte es überhaupt einen Sinn, den Fernsehdirektor am nächsten Tag wieder aufzusuchen?

Ich ging hin.

„No", sagte er, „ist Ihnen etwas eingefallen?"

„Nein", sagte ich, „nur altmodische, kitschige und unverwendbare Titel."

„Macht nichts", sagte er, „sagen Sie's trotzdem. Vielleicht hab ich dann eine Idee!"

Ich nannte ihm einen Titel, der mir in der Straßenbahn auf der Fahrt zu diesem Termin eingefallen war und der so schlecht war wie die anderen: „Zeit im Bild".

Der provisorische Fernsehdirektor sagte nichts und blickte mit toten Augen durch die ungeputzten Fensterscheiben in die Meidlinger Singrienergasse. Ich schämte mich. Schweißperlen standen mir auf der Stirn.

Dann räusperte er sich und sagte: „Also guat is des wirklich net – aber lass ma's derweil."

Olympia

Das Gutruf war früher ein Männerlokal. Wer also glaubte, im Gutruf einen „Aufriss" machen zu können, erlag einem gewaltigen Irrtum. Eigentlich konnte man im Gutruf nur trinken und reden – und früher oder später nur mehr trinken.

In diesem Zustand verließ einmal ein Kameramann vom Fernsehen das Gutruf und machte sich mehr oder weniger lallend auf die Suche nach schönen Frauen. Wie in den meisten dieser Fälle war die Sache nicht von Erfolg gekrönt. Als er ein Lokal namens Bonbonniere betrat, war dessen Barfrau Elfie gerade dabei, die Sperrstunde einzuläuten.

Unser Kameramann machte also einen letzten verzweifelten Versuch und lud die müde, aber hungrige Bardame zu einem späten Souper. Man ging in das Restaurant Olympia.

Dieses Olympia war ein geheimnisvoller Ort. Es hatte seinen Eingang an der Ecke des Durchgangs Kärntnerstraße und war immer menschenleer. Es war nicht schlecht besucht – es war leer. Ohne Ruhetag. Trotzdem war es außerordentlich elegant. Sein ungarischer Besitzer ließ sich nicht lumpen. Die Kellner, alle im Frack und pomadisiert, warteten mit der Gelassenheit von Herzögen auf Gäste. Hin und wieder geschah es auch tatsächlich, dass sich ein Gast in dieses sehr fein ausgestattete Etablissement verirrte. Bei diesen seltenen Gelegenheiten passierte immer etwas

Rätselhaftes: Bevor noch der Gast im Inneren des Lokals sichtbar wurde, baute sich – wie aus dem Boden gewachsen – eine sechsköpfige Zigeunerkapelle auf, die Sekunden vor dem Eintreffen des Gastes einen feurigen Csárdás intonierte. Wenn nun der Gast geschockt durch die Zymbal-Klänge, die Mittelscheitel der Kellner oder vor allem durch die Leere des Restaurants wieder umkehrte, verschwanden die Zigeuner so schnell und lautlos, wie sie gekommen waren. Aber niemand wusste wohin.

An diesem Abend betrat nun also die Bardame Elfie in Begleitung ihres schwankenden Verehrers das Olympia. Die Zigeuner spielten auf und der vornehmste der ungarischen Ober näherte sich mit elegantem Körperknick dem ungleichen Paar, das sich an einem reichlich mit Silberbesteck gedeckten Tisch niedergelassen hatte. Er überreichte den beiden zwei riesige, in Leder gebundene Speisekarten. Die Szene hatte etwas von der Überreichung der Zehn Gebote an Moses. Es fehlte nur der brennende Dornbusch.

Als sich der Kellner im Rückwärtsgang wieder untertänigst entfernte, verschwand auch der Kameramann, eine Entschuldigung murmelnd, in Richtung Toilette.

Elfie studierte indessen ausführlich die Speisekarte. Sobald ihr Begleiter wieder erscheinen würde, wollte sie Gundel-Palatschinken bestellen.

Bevor der Kameramann jedoch zurückkehrte, näherte sich geigend der Primas, in seinem Schatten der devote Oberkellner. Er machte ein besorgtes Gesicht, als er sagte: „Entschuldigen vielmal, gnädige Frau, aber ist Ihre Herr Begleiter möglicherweise schlecht geworden?"

„Ja um Gottes Willen, warum denn?"

„Weil er steht vor das Toilette und brunzt in dem Garderobe."

Eines Tages, ich kann nicht genau sagen wann, war das Olympia weg. Es war nicht geschlossen – es gab's einfach nicht mehr, und Wien war um eine Attraktion ärmer. Eine Attraktion, von der niemand etwas gewusst hatte.

Alles Walzer

In den ersten Jahren nach seiner Gründung wurde das Fernsehen in Europa immer selbstbewusster. Es gab damals selbstverständlich nur öffentlich-rechtliche Sender, das Fernsehen war gewissermaßen staatstragend.

Die Begeisterung des Publikums war trotzdem groß, schließlich war man überwältigt, dass man überhaupt etwas empfangen konnte. Niemand dachte an Quoten, jedes Programm wurde freudig begrüßt – meistens in Gast- oder Kaffeehäusern, denn einen eigenen Fernsehapparat konnten sich nur Betuchte leisten.

Außer dem Film gab es noch keine Aufzeichnungsmöglichkeiten, sodass man gezwungen war, die meisten Sendungen live auszustrahlen.

Die westeuropäischen Rundfunkstationen hatten sich damals in der Eurovision zusammengetan, in der Fernseh- und Radioprogramme ausgetauscht wurden. Die erste große Eurovisions-Sendung war eine sogenannte „Ringsendung". Alle westeuropäischen Fernsehstationen schlossen sich zusammen, und auf Knopfdruck schaltete man von einem Land zum anderen. Die Sendung sollte „Spaziergang durch Europa" heißen, und jedes Land hatte dazu ein charakteristisches Programm vorbereitet.

Die Engländer zeigten zum Beispiel die Wachablöse vor dem Buckingham Palace, die Deutschen einen Stapellauf in Hamburg und aus Rom kam ein Bericht vom Vatikan.

Nur wir Österreicher hatten noch kein Programm. Der Fernsehdirektor beauftragte den Oberspielleiter Erich Neuberg mit der Planung des Programms und mich, den Reporter, mit der Kommentierung. Aber wir wussten nicht, was wir überhaupt planen und kommentieren sollten. Es fiel uns ganz einfach nichts ein. Der Sendetermin kam immer näher und wir hatten noch immer keine Ahnung, was wir nach ganz Europa senden sollten. Eine riesige Blamage schien sich anzubahnen. Der Fernsehdirektor hielt Krisensitzungen ab, in denen um eine Idee gerungen wurde.

In einer dieser Sitzungen sagte ich, eigentlich nur im Spaß: „Warum übertragen wir nicht live die ersten Schritte von einem Wiener Walzer aus der Tanzschule Elmayer?"

„Der Elmayer" war und ist die älteste und konservativste Tanzschule Wiens. Die Söhne und Töchter der „besseren Gesellschaft" wurden dorthin geschickt, um nicht nur tanzen zu lernen, sondern auch gutes Benehmen. Krawatten und weiße Handschuhe waren für die jungen Männer obligatorisch. Der Besitzer der Tanzschule war eine österreichische Legende: Rittmeister Willy Elmayer. Er war streng, bis zur Unhöflichkeit höflich, korrekt, konsequent und unnachgiebig in seinen Anforderungen an ein gutes Benehmen. Ein österreichischer Knigge gewissermaßen mit elitärem militärischem Hintergrund.

Mein Vorschlag in der Programmsitzung wurde mit Begeisterung aufgenommen und die weitere Organisation der Übertragung in die Wege geleitet. Die wichtigste Frage war, ob Willy Elmayer einer Fernsehübertragung überhaupt zustimmen würde. Nach einem langen Gespräch mit dem Fernsehdirektor gab er schließlich seine Einwilligung.

Es setzte sich also eine Kolonne von Übertragungswagen in Richtung Elmayer in Bewegung, um dort mit dem Aufbau der voluminösen Livekameras zu beginnen. Durch die gesamte Tanzschule wurden dicke Kabel verlegt, nicht nur für die Kameras, sondern auch für den Ton, für die verschiedenen Feldtelefone und für die Scheinwerfer, die alles taghell ausleuchten sollten.

Als ich mit dem Regisseur Erich Neuberg an diesem Drehort eintraf, bot sich uns ein Bild des Schreckens. Durch das hochpolierte Parkett zogen sich tiefe Narben von den Stativ-Beinen der Kameras. Der große Spiegel an der Wand, in dem sich die Tänzer kontrollieren konnten, hatte einen diagonalen Sprung. Die Vorhänge waren teilweise zerrissen und dieses ganze Elend wurde darüber hinaus noch von Zeit zu Zeit in ägyptische Finsternis getaucht, weil durch unsere Geräte das Stromnetz des Hauses überlastet war.

Inmitten dieser Ruinen stand mit ausdruckslosem Gesicht der große Willy Elmayer.

Als er uns sah, kam er auf uns zu und sagte tonlos: „Ich glaube, wir sollten das Finanzielle besprechen."

Darauf waren wir nicht gefasst. Wir waren uns sicher gewesen, dass alle offenen Fragen mit unserer Direktion geklärt worden wären.

Ich eilte also zur nächsten Telefonzelle, rief den Fernsehdirektor an und stammelte: „Herr Direktor, der Elmayer will das Finanzielle besprechen!"

„Also passen S' auf", sagte der Fernsehdirektor, „das war net ausg'macht, aber verhandeln S' halt mit ihm. Mehr als 30.000 Schilling zahlen wir nicht, dann müssten wir aussteigen." Doch ein Ausstieg knapp vor Sendungsbeginn wäre natürlich eine internationale Blamage für uns gewesen.

Als ich zurückkam, hatte sich der bauliche Zustand der Tanzschule noch weiter verschlechtert. Der Rittmeister bat uns in sein Büro, das wir, über die Fragmente einer Garderobenwand steigend, in demütiger Haltung betraten.

Er fackelte nicht lange: „Also, meine Herren, was haben Sie sich vorgestellt?"

„Vielleicht", sagte ich, „sagen uns der Herr Rittmeister eine Summe?" Ich wählte die dritte Person, um ihn gnädig zu stimmen.

„Unsinn", meinte er, „ich habe ja in diesem Geschäft keine Praxis. Sie sind die Fachleute."

Während er das sagte, fiel mit großem Krach der Kristallluster von der Decke – dort sollte ein Mikrofon befestigt werden. Erich Neuberg schaltete sich ein: „Ich glaube, der Rundfunk ist versichert."

Jetzt wurde der Rittmeister ungeduldig. Er sprang auf, beugte sich über seinen Schreibtisch zu uns und sagte im Befehlston: „Also Schluss jetzt mit dieser Debatte – glauben Sie, ist es in Ordnung, wenn ich jedem der Herren 500 Schilling gebe?"

Trabucco mit Spitz

Es gibt noch immer keine Gewissheit darüber, ob unser Freund Alexander Graf Batthyány ein echter Graf war oder nicht.

Er verband in erstaunlich kongruierender Art und Weise alle Attribute eines Hocharistokraten mit denen eines gewöhnlichen Trinkers, was seine Bekanntschaft insofern reizvoll machte, als man vorher nie wusste, ob man heute dem Grafen oder dem Pülcher begegnen würde. Im Großen und Ganzen sprach allerdings sehr vieles dafür, dass unser eleganter Freund ein Trinker war, der sich mit dem Einsatz seiner aristokratischen Attitüde seinen Lebensunterhalt verdiente.

Seine Lieblingslokale waren keineswegs die mondänen Restaurants und Bars von Wien, sondern belebte Volkslokale wie Stehweinhallen und übel beleumundete Kaffeehäuser.

Sein Lieblingslokal war zweifellos der Göttweiger Stiftskeller, der eigentlich ein Durchhaus zwischen der Spiegel- und der Seilergasse war. So mancher, der das Lokal als nüchterner Mann in der Spiegelgasse betrat, verließ es völlig betrunken in der Seilergasse. Das Essen war deftig und gut, die Kellner vorbestraft, aber umsichtig, und der Wirt war gebürtiger Burgenländer.

Der falsche Graf Batthyány speiste sehr oft im Göttweiger. Beinfleisch, Krenfleisch, Beuscherl, Nierndln und, wie er überzeugt war, den besten Erdäpfelsalat der Welt.

Eines späten Abends hatte sich der falsche Graf Batthyány in einem der übelst beleumundeten Kaffeehäuser mit einigen Damen verplaudert, als ihn eine gewisse Müdigkeit überfiel, die ihn ans Heimgehen denken ließ. Gleichzeitig verspürte er jedoch einen verzehrenden Heißhunger nach einem Erdäpfelsalat.

„Am schönsten wäre es", dachte er, „wenn ich mir jetzt zu Hause einen Erdäpfelsalat machen könnte." Aber er wusste, dass die Erdäpfel, bis er sie weichgekocht hätte, so viel Zeit beanspruchen würden, dass er bis dahin wahrscheinlich eingeschlafen wäre.

Die Lösung lag auf der Hand: Er fuhr mit dem Taxi zum Göttweiger Stiftskeller, um dort das gekochte Rohmaterial einzukaufen.

Als er in die Küche seines Stammlokals kam, saß die Wirtin gerade vor einem Nirosta-Kübel mit geschälten Erdäpfeln. Der falsche Graf Batthyány bat sie, ihm fünf oder sechs Erdäpfel zu verkaufen, damit er sich daheim einen Salat machen könne.

Die Wirtin lehnte ab. „Entweder Sie essen unsern Erdäpfelsalat oder Sie kaufen Ihna die Erdäpfel beim Greißler", meinte sie.

Der falsche Graf Batthyány war verstört. „Jetzt komm ich schon 23 Jahre in Ihr Lokal und Sie verkaufen mir keine Erdäpfel?"

„So viel können S' mir gar net zahlen, Herr Graf, dass i Ihna an Erdäpfel gib. Schälen S' Ihna Ihre Erdäpfel selber!"

Der falsche Graf Batthyány war empört. Da stand er nun vor einem Berg herrlicher Kipfler, war bereit, jede

Summe hinzulegen, und man verweigerte ihm, dem Stammgast, diese gut bezahlte Gefälligkeit. Als die Wirtin kurz aufstand, um das Gulasch für den nächsten Tag umzurühren, riss der falsche Graf Batthyány also kurzerhand den Nirosta-Kübel mit den Erdäpfeln an sich und flüchtete, verfolgt vom Wirt und zwei Kellnern, in die dunkle Seilergasse.

Ich habe versäumt zu erzählen, dass der falsche Graf Batthyány eine schwer zu behandelnde Augenkrankheit hatte, sodass er in der Dunkelheit kaum sehen konnte. Er fiel daher in eine schlecht beleuchtete Baugrube und die frisch geschälten, lauwarmen Erdäpfel rollten von der Seilergasse bis in die Spiegelgasse.

Mit zahlreichen Hautabschürfungen und zerbrochenen Augengläsern, vor allem aber ohne Erdäpfel betrat er seine Wohnung in der Wallnerstraße. Zum Glück war er nicht mehr verheiratet, sodass er sich zumindest nicht rechtfertigen musste. Er beschloss, dieses Lokal nie mehr zu betreten, obwohl er wusste, dass er mit diesem Entschluss auf ein Stück des Paradieses verzichtete.

Am nächsten Tag ging er, wie immer auf seinem Weg in die Stadt, in die kleine Trafik an der Ecke und verlangte in einem, wenn auch moderaten, Befehlston, seine Zigarre: „Eine Trabucco mit Spitz."

Es waren einige Kunden im Geschäft, sodass er gezwungen war zu warten. In einem Reklamespiegel betrachtete er seine Verletzungen vom Vortag. Dabei fiel sein Blick auf die Trafikantin, die ihm bis jetzt nicht aufgefallen war. Sie war etwa 40 Jahre alt, hatte eine dezente Frisur und ein Dekolleté, das zwar nicht weit ausgeschnitten war, aber doch einiges ahnen ließ. Sie saß mit einer gewissen Würde hinter ihrem Verkaufspult, das den Rest ihrer Figur versteckte. „Aber dieser Rest", dachte Graf Batthyány, „kann nicht so schlecht sein."

Zum ersten Mal seit langer Zeit spürte er wieder das Verlangen, eine Frau nicht nur kennenzulernen, sondern sich vielleicht auch in sie zu verlieben. Er war geschieden und hatte einige Enttäuschungen hinter sich, wie er sagte. Die Damen wahrscheinlich auch. An eine ersprießliche Zweisamkeit hatte er nicht mehr geglaubt, ganz im Gegenteil. Sein Lebenswandel und seine damit verbundenen Erlebnisse hielten ihm jeden Gedanken an eine festere Bindung fern. Doch jetzt, durch den Spiegel, war plötzlich alles anders.

Als er mit der Trafikantin allein war, sagte er: „Jetzt komme ich schon so viele Jahre täglich hier herein und erst heute fällt mir auf, wie hübsch Sie eigentlich sind."

Die Trafikantin lächelte geschmeichelt und begann, Zeitungen zu ordnen.

„Also es wäre doch höchste Zeit", fuhr er fort, „dass wir uns ein wenig besser kennenlernen. Es ist doch schade, wenn man so aneinander vorbeilebt. Verstehen Sie mich nicht falsch – aber unsere Familie hat eine Villa bei Grado, eh, wir könnten doch einmal über ein Wochenende, ich meine in allen Ehren, Sie haben selbstverständlich Ihr eigenes Appartement…"

Er sah sich schon mit der Trafikantin an der Ufer-
promenade sitzen. Bei Sonnenuntergang würde wie
immer eine leichte Brise den Geruch des Meeres über
die Terrasse breiten und den Wein noch besser schme-
cken lassen. Vergessen waren der Erdäpfelsalat, das
Krenfleisch und die übel beleumundeten Kaffeehäuser.

„Ja danke, Herr Graf", sagte die Trafikantin, „sehr
nett, aber i kann jetzt endlich mit mein Lebensge-
fährten z'sammziagn, seit si sei Frau, diese Bisgurn,
von eahm hat scheiden lassen. I hab jetzt, Gott sei
Dank, an Heimplatz für mei Mutter g'funden. Wissen S', es ist ja nicht so einfach, wenn man alleinerzie-
hend und berufstätig ist. Vor allem, wenn man a be-
hindertes Kind hat."

Der falsche Graf Batthyány sah die Trafikantin an
wie ein echter Graf Batthyány, machte einen Schritt
zurück und sagte: „Eine Trabucco mit Spitz."

Warum in manchen Zeitungsredaktionen Boxer arbeiten

Ortwin „Krucki" Kirchmayr war Reporter – Zeitungs-
reporter; für Radio oder Fernsehen hätte er damals
nicht arbeiten können, denn er stotterte. Doch „Krucki"
war kein gewöhnlicher Reporter. Nein, er war ein Star-
reporter. Zunächst beim „Bild-Telegraf" und später
beim „Express", einer allseits beliebten Boulevard-
zeitung, in der nicht nur die Gesellschafts-Bericht-
erstattung unter der Rubrik „Adabei" und die umfang-
reiche Information über die Freistilkämpfe auf dem
Heumarkt die Auflagen steigerten, sondern auch die
Reportagen von „Krucki" Kirchmayr.

„Krucki" war das, was man einen wilden Hund
nannte. Er trug, wenn er nicht gerade irgendwo in
der Welt unterwegs war, meist einen Trenchcoat à
la Humphrey Bogart, mit aufgestelltem Kragen, versteht sich, hatte einen Borsalino im Nacken und den
Rest einer glosenden Gauloise zwischen den schma-
len Lippen, durch die er von Zeit zu Zeit französisch
gefärbte Laute hervorstieß. Seit er vor einigen Jahren eine Reportage über die französische Fremden-
legion gemacht hatte, fühlte er sich als „Ex-Legionär".

Seine journalistischen Einsätze sollten, das wusste auch der Chefredakteur, nach Möglichkeit wenn
schon nicht kriegerischer, so doch höchst gefährlicher
Natur sein. So war er einmal bei den österreichischen
UNO-Soldaten auf Zypern. Aber statt, wahrheitsge-

mäß, über deren allmähliche Verfettung durch die griechische Kost zu berichten, erzählte er eine spannende Geschichte von der nervtötenden Ruhe vor dem drohenden Krieg.

In der Redaktion war man glücklich darüber: Endlich wieder ein bisschen Krieg, ein bisschen Angst – und trotzdem ein bisschen weit weg. Solche Berichte ließen die Auflage steigen.

„Krucki" Kirchmayr aber eilte von „Krisenherd" zu „Krisenherd". Einmal war er Söldner beim berüchtigten deutschen Killerhauptmann Müller im Kongo, dann wieder bei dem einen oder anderen Gemetzel in Südafrika.

Bei seinen Zwischenaufenthalten in Wien musste er sich natürlich in Form halten. Da genügten nicht der Hut und die Gauloise. Nein, da lief er auch auf der Praterhauptallee den einen oder anderen Kilometer, damit ihn auch alle sehen konnten, und fuhr dann in der damaligen Nobelsauna im Prater mit seinem Wassertraining fort. Da schwamm er mit einem Militärmesser zwischen den Zähnen einige Längen im Swimmingpool.

Wenn gar nichts los war, was für den „Express" interessant sein konnte, stieg er aus dem Wasser und widmete sich einem Metier, zu dem er sich seit seiner Kindheit hingezogen fühlte: dem grausamen Handwerk des Faustkampfes. Immer auf Hemingways Spuren und auch den einen oder anderen Satz von ihm stehlend, begleitete er das damals in Österreich noch florierende Boxgeschehen mit literarischer Hingabe.

Da ihm eine eigene Boxerkarriere versagt geblieben war – nicht nur, weil er an Lebensalter zu viel und an Begabung zu wenig hatte, sondern auch, weil er zu harmlos war –, versuchte er einen erfolglosen Boxer mit Hilfe seiner Boxbegeisterung sowie jener des „Express" aufzubauen.

Der Mann hieß Albert Hillinger, boxte seit 4 Jahren und hatte noch keinen einzigen Kampf gewonnen. Ein erstaunliches Unentschieden gegen den Franzosen Ruellet, einen harten Schläger, war sein ganzes Renommee.

„Krucki" beschloss, den „Bertl" zur Meisterschaft zu bringen. Als Profi, versteht sich.

Der „Express" ließ im Prater ein Trainingscamp errichten. Dort trainierte Albert Hillinger mit alten, ausgebrannten schwarzen Boxern, die nicht gewillt waren, den „Bertl" k.o. zu schlagen, obwohl sie dazu jederzeit in der Lage gewesen wären. Im Gegenteil: Sie ließen die große weiße Hoffnung des Ortwin Kirchmayr im Ring sehr gut aussehen.

Das Fernsehen berichtete über den beachtlichen Formanstieg Hillingers, sogar Zeitungen wie der „Kurier" und der „Blaue Montag" räumten dem Österreicher Chancen auf eine spektakuläre Karriere ein. Der „Express" brachte fast täglich eine ganze Seite aus dem Trainingslager seines Boxers.

Schließlich sollte Hillinger in einem Vorkampf in der Wiener Stadthalle gegen einen Deutschen namens Hans Grimme boxen, von dem noch nie jemand gehört hatte und der daher mit dem Nimbus der Gefährlichkeit umgeben war.

Der Kampf begann ganz routinemäßig. „Krucki", mit Wasserkübel, Schwamm, Handtuch um den Hals und Zigarette im Mundwinkel, betrat die Halle. Hinter ihm tänzelnd, in einem etwas zu kleinen Bademantel mit Kapuze, sein Schützling. Hillinger grüßte mit seinen behandschuhten Fäusten schattenboxend das Publikum. Ein ohrenbetäubendes Geheul antwortete ihm.

Der Sprecher kündigte an: „IM NÄCHSTEN KAMPF DES HEUTIGEN ABENDS IM HALBSCHWERGEWICHT ÜBER VIER RUNDEN STEHEN SICH GEGENÜBER: ALBERT ‚BERTL' HILLINGER, ÖSTERREICH, GEGEN HANS GRIMME, DEUTSCHLAND."

Beide Boxer betraten den Ring. Hillinger zog als erster seinen Bademantel aus. Das Publikum verstummte zuerst und erhob dann ein Pfeifkonzert, wie es die Stadthalle noch nie erlebt hatte. Hillinger zeigte einen gewaltigen Fettwulst über seiner Boxerhose, der durch den Tiefschutz noch besonders zur Geltung gebracht wurde. Seine Haut war schneeweiß mit rötlichen Pickeln und Haaren. Sein Gegner das genaue Gegenteil: abgemagert, hohlbrüstig und weißhaarig. Das Publikum war außer sich.

„RING FREI ZUR ERSTEN RUNDE!"

Langsam schritten beide Kämpfer aufeinander zu. Als Hillinger einen Meter vor seinem Gegner stand, schloss er die Augen und schlug wild und unkontrolliert um sich. Das Skelett wartete alle Luftschläge ab. Als Hillinger aus seinem Angstrausch erwachte, eine Boxposition bezog und sich mit beiden Fäusten deckte, wie er es schon als Kind gelernt hatte, lief der Deutsche davon.

Während der Ringrichter noch beide Boxer ermahnen wollte, endlich zu boxen, verkündete der Platzsprecher: „MEINE DAMEN UND HERREN, DIESER KAMPF WURDE WEGEN SPORTLICHER WERTLOSIGKEIT ABGEBROCHEN!"

Unter dem donnernden Jubel der Halle endeten zwei Karrieren: die des Boxtrainers „Krucki" Kirchmayr und die des Boxers Albert „Bertl" Hillinger.

Für Kirchmayr war die Sache zwar ein großer Prestigeverlust, aber keine Katastrophe. Er war schließlich immer noch Satansreporter. Aber Hillinger? Er hatte keinen Beruf mehr. Zehn Minuten vorher war er noch Profiboxer gewesen.

„Krucki" war nicht der Typ, der einen Kumpel sitzen ließ. Er versuchte daher, in seiner Zeitung irgendeinen Job für Bertl aufzutreiben. Vielleicht in der Sportredaktion?

„Das trifft sich gut", sagte der Chefredakteur Frischler auf diesen Vorschlag, „wir planen ohnehin, eine Abendausgabe herauszubringen, den sogenannten ‚blauen Express'. Da könnten wir eine Arbeit für ihn finden."

Es fand also eine große Redaktionsversammlung statt, in der die Jobs für den „Abend-Express" vergeben wurden. Außenpolitik, Innenpolitik, Chronik, die Frauenseite, Reportage, Sport und was eben alles noch so anfällt in einer blauen Zeitung. Aber mehr und mehr Ressorts wurden vergeben und für Hillinger war noch immer nichts gefunden. Der Ex-Boxer begann unruhig zu werden. Gerade als er seinem ehemaligen Coach Kirchmayr etwas zurufen wollte, bemerkte ihn der Chefredakteur. „Herr Hillinger", sagte er besonders freundlich, „entschuldigen Sie, ich habe Sie jetzt ganz übersehen. Herr Hillinger – Sie sind der Dümmste, Sie schreiben die Leserbriefe."

Seit dieser Zeit arbeiten Boxer in vielen Redaktionen.

Missverständnis

Einer der Stammgäste im Gutruf, das schon einmal als Schauplatz einer Geschichte diente, war der Wiener Polizeipräsident Josef Holaubek. Dann gab es den Rudi Wein, ein Erfinder aus dem ersten Stock – er sollte später einmal das Lokal übernehmen. Und dann gab es einen Trafikanten aus Mauer, Hans Fürnberg.

Hans Fürnberg war als Kind in Auschwitz von der SS derart verprügelt worden, dass er das Augenlicht verloren hatte. Seine Geschichte erzählte er nur sehr ungern, denn er fürchtete sich vor dem Mitleid, das es ja gerade in Wien in den grausamsten Spielarten gibt und das mit der Sentimentalität einen Doppeladler bildet. Er bezeichnete sich selbst als „blinder Jud" und wollte auch von uns im Gutruf so genannt werden. Das war sozusagen sein Kosename, der allerdings für Außenstehende nur schwer zu begreifen war. Mich nannte er dafür liebevoll „Schlachta" – das war eine besonders antisemitische Bevölkerungsgruppe im Vorkriegspolen – oder „Defensiva" – so hatte die judenfeindliche polnische Geheimpolizei geheißen.

Wie viele Blinde hatte Hans Fürnberg die Fähigkeit zu „sehen". Er erkannte fast jeden, der bei der Eingangstür hereinkam.

Als ich eines Tages das Gutruf betrat, fragte er: „Teddy?"

Als ich bejahte, setzte seine freudige Beschimpfungstirade ein: „Du unerträglicher Schlachta, du brutaler Defensiva ..."

Routinemäßig konterte ich: „Aber halt doch den Mund, blinder Jud!", stellte mich an die Theke und bestellte mir einen kleinen Braunen.

Plötzlich bemerkte ich, dass sich hinter mir ein Energiefeld aufbaute. Als ich mich umdrehte, stand ein riesiger Mann vor mir – wie sich später herausstellte, war er ein Kulturredakteur der Hamburger „Zeit", der von Helmut Qualtinger ins Gutruf geschleppt worden war –, der am ganzen Körper zitterte und mich anbrüllte.

„Was glauben Sie eigentlich", schrie er, „was Sie sich an Menschenverachtung und Antisemitismus leisten können? Hier ist wohl die Zeit stehengeblieben! Ewiggestrigen wie Ihnen müsste man die Naziideologie mit den Fäusten herausprügeln!"

Während ich verdattert diese Maßregelung über mich ergehen ließ, erhob sich Fürnberg, tastete sich zum deutschen Kulturredakteur, fasste ihn am Kragen und sagte: „Wannst net sofort mein Freund in Ruah lasst, hau i dir mein Blindenstock übern Schädel!"

Der Deutsche wankte verstört an seinen Platz zurück und murmelte etwas von „anzeigen".

In diesem Moment betrat Polizeipräsident Holaubek in Begleitung von Burgtheater-Doyen Hofrat Tressler das Lokal.

„Na kloar", rief Hannes Hoffmann, der damalige Besitzer des Gutruf, „jetzt kennan S' alles anzeigen, weil des is nämlich der Polizeipräsident!"

Aber bevor der Deutsche etwas sagen konnte, rief Fürnberg: „Der da g'hert anzagt, Herr Präsident, der hat den Teddy körperlich bedroht, wann eahm i net g'holfen hätt, dann …"

„Was ist hier los?", fragte Holaubek.

Als der Kulturredakteur seine Empörung artikulieren wollte, fuhr Fürnberg dazwischen: „Aber des is doch a Trottel."

Jetzt riss dem Polizeipräsidenten die Geduld und er sagte schroff, aber trotzdem liebevoll: „Jetzt halt amal den Mund, blinder Jud."

Der Kulturredakteur packte in Panik seinen Mantel und seine Zeitungen zusammen und stolperte aus dem Lokal.

„Ja was hat er denn?", fragte Hofrat Tressler.

Hofrat Tressler, der in Wien sehr populär war – nicht nur, weil er sich im Alter von 90 Jahren ein Goggomobil gekauft hatte –, pflegte eine Vorliebe für ein Glas Sekt am Vormittag. Das konnte er hier aber nicht bekommen, das Gutruf führte keinen Sekt. Also übersiedelte der Polizeipräsident mit dem Hofrat zum Stiebitz ins Schwarze Kameel. Dort trafen sie Qualtinger.

Nach mehreren Gläsern Sekt empfahl sich der Hofrat auf die Toilette und kam nicht zurück. Nach einer Viertelstunde wurde Holaubek unruhig. Nach weiteren zehn Minuten sagte Qualtinger: „Jetzt schaun wir nach!"

Holaubek und Qualtinger gingen also auf die Toilette. „Herr Hofrat!", riefen sie, „Herr Hofrat! Ist Ihnen schlecht?"

Keine Antwort.

Holaubek, ein ehemaliger Feuerwehrmann, fackelte nicht lange und brach die Tür auf.

Hofrat Tressler erhob sich von der Muschel und sagte mit einer leichten eleganten Verneigung: „Tut mir leid, Herr Präsident; der Sekt war zu kalt."

Als ihn Holaubek und Qualtinger wortlos anstarrten, fügte er noch mit einem selbstgefälligen Lächeln hinzu: „Was sagen Sie zu meinen Beinen, meine Herren?"

In jeder Beziehung erleichtert kehrte man danach zum Gutruf zurück, wo ein überglücklicher jüdischer Trafikant mittlerweile schon zum dritten Mal allen, die sie hören wollten, die Geschichte erzählte, wie er mit seinem Blindenstock einen Piefke in die Flucht geschlagen hatte.

„Man wird sich doch noch", meinte er, noch immer ein wenig erregt über den Zwischenfall, „seine Beschützer aussuchen können." Er pochte damit auf ein Recht, das bis heute in keiner Menschenrechts-Charta verfasst ist.

Dann bestieg Hofrat Tressler, der dieser Erzählung – wie die meisten alten Leute im Allgemeinen und Schauspieler im Besonderen – nicht zugehört hatte, mit den Worten „Allen recht getan, ist eine Kunst, die niemand kann" sein Goggomobil und fuhr über den Graben nach Hause.

Standard Steel

Ich glaube nicht an die Liebe auf den ersten Blick. Was man landläufig so bezeichnet, ist nichts anderes als der Schlusspunkt einer langen Entwicklung. Im Unterbewusstsein hat man ja schon längst das Objekt seiner Begierde definiert: sein Aussehen, seine Wirkung, seinen Reiz, seinen Charme und seine Herausforderung. Erst eine schicksalhafte Begegnung mit diesem Objekt rückt das Phantombild dann in die Wirklichkeit.

Ich habe mich am 23. September 1969 in London verliebt. Ein alter, ziemlich heruntergekommener Bentley R-Type „Standard Steel" bog in die Carnaby Street ein. Die Carnaby Street war damals das Zentrum der Welt und Fußgängerzone. Am Steuer saß ein langhaariger junger Mann in einem zerrissenen Sweatshirt. Als er den Bobby sah, der vom Gehsteig sprang, machte er einen „U-turn" und verschwand blau qualmend in Richtung Regent Street.

Ich war fasziniert. Welch eine Zeit: Die Beatles spielten noch gemeinsam, vor den Geschäften in der Oxford Street und auf dem Piccadilly Circus hingen die ersten Miniröcke zur Selbstbedienung, in denen Mary Quant die eulenäugige Twiggy auf den Laufsteg schickte. Sandy Shaw sang barfüßig „Puppet on a String" und jugendliche Rocker fuhren ihre Bentley und Rolls-Royce zu Schrott.

Keine Frage: Hier wurde ein Symbol geschändet. Ein Symbol für die britische Klassengesellschaft, für die „Upper Class", für das „House of Lords", für ein halsstarriges Traditionsbewusstsein gepaart mit maßloser Überheblichkeit.

Dieser Kontrapunkt hinter dem Lenkrad dieses Bentleys machte ihn so reizvoll. Auch ich wollte einen besitzen. Eine Art von Gier nach diesem Auto machte sich in mir breit. Nicht so sehr, um es zu schänden, als vielmehr, um es von seinem Sockel der Exklusivität in die Normalität herunterzuholen. Ich wollte beweisen, ich weiß bis heute nicht wem, dass so ein Bentley auch nichts anderes war als ein ganz normales Auto. Dass derartige Überlegungen an Blasphemie grenzten und Schicksalsschläge nach sich zogen, wie solche nur von Meineidigen berichtet werden, sollte mir in meinem weiteren Leben noch schmerzhaft bewusst werden.

Die Suche nach einem Bentley R-Type gestaltete sich schwierig. In den frühen Fünfzigerjahren war dieses Auto in Österreich und Deutschland so gut wie unverkäuflich. Die Wirtschaftskapitäne und Schieber fuhren Mercedes und die Zuhälter starteten ihre Karrieren auf Motorrollern, bevor sie auf gerade noch fahrtüchtige Amerikaner umstiegen.

Man musste also auf der Insel suchen. Aber auch in England war es außergewöhnlich schwierig, einen guten Bentley R-Type zu finden: Gerade dieses Modell war besonders anfällig für Rost und zerbröselte so manchem Restaurator unter der Hand. Englische Freunde verwiesen mich an den Britischen „Rolls-Royce Enthusiasts' Club", dessen Präsident ein gewisser Lord Epping war.

Lord Epping fand Zeit, mich zum Mittagessen zu treffen. In Bentleys Oyster Bar in der Swallow Street.

Aristokraten besitzen die Tugend, sich im Umgang mit sozialen „Underdogs" eines dezidiert höflichen Benehmens zu befleißigen. Lord Epping war zu mir von geradezu überschäumender Unverbindlichkeit. Vor allem als ich ihm sagte, dass ich nicht mehr als 150.000 Schilling ausgeben wollte. Er nannte mir die Adresse eines konkursreifen Mechanikers in Paddington. Dann zahlte ich die Restaurant-Rechnung. Um den Betrag hätte ich schon einen Kotflügel bekommen. Rostfrei.

Aber ich will Ihnen die Berichte über meine erfolglose Suche auf der britischen Insel ersparen und im Interesse der weiteren Handlung sofort von meinem Fund berichten:

Nach jahrelangem konzentriertem Studium der einschlägigen Inserate wurde ich von einer Kleinanzeige im „Kurier" elektrisiert: „Verkaufe günstig Bentley R-Type ‚Standard Steel Salon', Baujahr 1953."

Mitten in der Nacht rief ich an. Der Verkäufer entpuppte sich als offensichtlich missratener Sohn eines steinreichen Mercedesfahrers, der vom Vater gezwungen wurde, das illegal mit dem Geld des alten Herrn erstandene Automobil wieder zu verkaufen. Der junge Mann stand unter Druck. Das wollte ich ausnützen. Hart, aber fair. Als wir einen Besichtigungstermin fixierten, machte der junge Mann eine Bemerkung, die mir zu denken gab: „Der Bentley befindet sich in zerlegtem Zustand."

Ich bin wahrscheinlich der einzige Mensch der Welt, der einen Bentley in Kisten gekauft hat. In zwölf Kisten, um genau zu sein. Jede eine Art Rubbellos. Was wird drin sein? Mein Mechaniker versicherte mir, dass alles vollständig sei. Er sicherte damit nicht nur seinen, sondern noch zwei weitere Arbeitsplätze. Auf zwei Jahre.

Für mich begann eine Zeit der Entbehrungen in einem Tal der Tränen. Zwei Jahre lang fast täglich in der Werkstatt, fast täglich etwas zu bezahlen, fast täglich eine paralysierende Entdeckung, fast täglich schwere Depressionen, Vorwürfe, Reueanfälle, Gewissensbisse, Selbstbetrügereien, Gebete, Hoffnungsflackern, Zornesausbrüche und am Ende die Konturen eines Erfolgs: das stählerne Skelett einer unbegreiflichen Sehnsucht. „Standard Steel".

Selbstverständlich wurde er zweifärbig lackiert: Dach und Kotflügel schwarz, der Body in jener Farbtönung, die entsteht, wenn man englischen Tee mit englischem Obers vermengt, wobei zu beachten ist, dass das Obers vor dem Tee in die Tasse kommt. Die Wolken, die bei der Mischung dieser angelsächsischen Grundelemente entstehen, vermitteln eine üppige und dennoch dezent mollige Farbe, wie sie ansonsten nur auf Strumpfbandgürteln der vorletzten Jahrhundertwende zu ahnen war.

Als er schließlich in vollem Glanz vor mir stand, als ich, mich auf die Zehenspitzen stellend, das atemberaubende Wurzelholz-Armaturenbrett sehen konnte und die passenden „Picknick Tables", verwarf ich

meine ursprüngliche Philosophie vom „Alltagsauto"
und lief mit fliegenden Schecks in das große Lager
jener über, die mit ihrem Oldtimer angeben wollen.

Leider gibt es dafür so wenige Gelegenheiten.
Wenn man nicht an Oldtimer-Rallys teilnimmt. Der
Gedanke, dass mein Bentley bewundert wird, während ich gar nicht dabei bin, war mir unerträglich.
Der Idealfall war für mich ein Gastgarten, von dem
aus man seinen geparkten Bentley und dessen stau-
nende Bewunderer beobachten kann, während man
sich selbst an Speis und Trank erfreut.

Solche Plätze sind selten. Aber es gibt sie. Wie zum
Beispiel das Gasthaus Sommer in Mörbisch.

Unmittelbar nach Fertigstellung meines R-Types
arbeitete ich bei den Operettenfestspielen in Mörbisch
in der Fledermaus als Frosch. Mit respektablem bur-
genländischem Erfolg. Nach den Vorstellungen war es
fast unmöglich, mit seinem Auto vom riesigen Parkplatz wegzukommen, denn es bildet sich schon beim
Feuerwerk ein Megastau. Den Schauspielern war das
durchaus willkommen. Sie warten eine Stunde, bis
sich der Stau lichtet, schlendern vom Bühnenausgang
zu einem Weinstand und wieder zurück in der Hoffnung, vom Publikum wiedererkannt zu werden. Die
Damen schminken sich deshalb auch nicht ab mit der
Absicht, von einem Kind oder einer alten Frau um ein
Autogramm gebeten zu werden.

Ich machte das nicht. Ich fetzte mit meinem Bentley
zum Gasthof Sommer. Dort saß ich dann also in einer
mondhellen, lauen Sommernacht im Gastgarten und

sah auf meinen Bentley, der sich prunkvoll im gleißenden Licht zweier Peitschenlampen den Passanten präsentierte. Es gibt nichts Schöneres, als einen Fogosch mit Blick auf seinen umschwärmten Bentley zu essen!

Als sich die Menschentraube rund um mein Symbol der Hoffart aufgelöst hatte und ich mein zweites Viertel Welschriesling bestellte, erschienen zwei außergewöhnlich elegante ältere Damen im Schlagschatten des „Standard Steel Salon". Sie stießen spitze Laute des Entzückens aus, wie Wildenten, die auf eine im Wasser treibende Beute zuschwimmen:

„Hedwig, bitte! Diese Farben!"

„Und diese eleganten Linien!", antwortete Hedwig.

„Hedwig … Hedwig … Hedwig …", rief die Dame, deren Namen ich leider nie erfahren sollte, „bitte, schau dir die Holztäfelungen an!"

Hedwig sah durchs Autofenster, indem sie ihre Hände wie Scheuklappen benützte. Beide starrten lange in dieses lederne Paradies.

Dann richteten sie sich auf und gingen Hand in Hand davon. Bevor sie endgültig in der Dunkelheit verschwanden, drehte sich Hedwig noch einmal um, blickte mit großer Sympathie zurück und sagte:

„Ein Opel!"

Verbrecherjagd in Wien

Beim Radio war ich einige Jahre Polizei- und Lokal-
reporter. Ich hatte daher recht gute Beziehungen
zur Polizei, aber auch zur Unterwelt. Ich kannte sie
alle: den Toch Heinzi, den „Alten", den „Gschwin-
den", die „Strupnik-Buam", den „Notwehr-Krista" und
den „roten Heinzi". Letzterer trug diesen Spitznamen
wegen seiner auffallenden feuerroten Haarpracht.

In diesen Jahren wurde von dem deutschen Journalisten Eduard Zimmermann alias „Ganoven-Ede"
die Sendung „Aktenzeichen XY … ungelöst" erfunden. Diese Sendung machte es sich zur Aufgabe, un-
gelöste Kriminalfälle mit Hilfe der Fernsehzuschauer
aufzuklären.

Kritiker nannten sie eine Spitzel- und Vernaderer-
Sendung, was sie ja zweifellos auch war. Außerdem
waren die Erfolge im Verhältnis zum Aufwand ge-
ring. Aber „Ypps-Ypsilon", wie die Leute damals sagten, wurde zu einer beliebten Unterhaltungssendung.

In den ersten Jahren der Sendung, die in Deutschland, Österreich und der Schweiz ausgestrahlt wurde,
war ich mit meiner einschlägigen Vergangenheit der
österreichische Fernsehfahnder. In der Schweiz war
es ein gelernter Kunstreiter und Sportreporter namens
Werner Vetterli. Am Nachmittag jedes Sendungs-
tages fand eine telefonische Redaktionskonferenz statt,
bei der die „Fälle", die am Abend thematisiert wurden, zur Diskussion standen.

Eines Tages gab es eine Fahndung nach meinem „alten Freund", dem „roten Heinzi". Man warf ihm Raubüberfall mit schwerer Körperverletzung vor und beschrieb ihn als einen Schwerverbrecher, der „sofort von der Schusswaffe Gebrauch macht".

Das war eine offensichtliche Falschmeldung. Ich kannte den „Roten". Der war als Besitzer einiger zwielichtiger Lokale eine große Nummer im Rotlichtmilieu, aber er trug aus Prinzip nie eine Waffe.

Ich versuchte also, den Sachverhalt beim ZDF richtigzustellen – vergeblich. „Ganoven-Ede" war überzeugt von den Verbrechen des „roten Heinzi", also wurde am Abend im Fernsehen nach ihm gefahndet. Die Fernsehfahndung blieb in der ersten Sendung erfolglos.

Dann gab es später am Abend vor Sendeschluss noch eine zweite Sendung, in der die Ergebnisse des Abends vermeldet wurden. Und merkwürdigerweise wurde der „Rote" überall gesehen. Der deutsche Kollege, ein gewisser Herr Hohl, meldete seinem Herrn und Meister Zimmermann, dass der Gesuchte in Düsseldorf gesehen worden sei, dass man aber „im Dienste der weiteren Ermittlungen" nicht mehr sagen dürfe. Diese Formulierung war immer ein Zeichen dafür, dass man überhaupt nichts wusste, das aber nicht zugeben wollte.

„Ja hallo, hier spricht Werner Vetterli aus Zürich", meldete sich mein Schweizer Kollege und teilte erstaunlicherweise mit, dass der „Rote" in der Bahnhofstraße in Zürich beobachtet worden war, als er einen

„Tea Room" betrat, dass man aber „im Dienste der Ermittlungen" nicht mehr sagen könne.

Mit einem Wort: keine Spur vom „roten Heinzi".

Auch bei uns in Wien blieben die Telefone stumm. Neben mir saß der Chef der Wiener Interpol Hofrat Dr. Weingart, ein Absolvent des Reinhardt-Seminars. Ich überließ ihm den Text: „Wir haben sehr viele, sehr gezielte Hinweise, also eine heiße Spur, aber wir können im Dienste der Ermittlungen nichts Näheres sagen."

Dann wurde noch einmal das Fahndungsfoto gezeigt und die Sendung war zu Ende.

Danach schlenderte ich in dieser lauen Sommernacht durch die Wiener Innenstadt und kam an der ehemals übel beleumundeten Loos Bar vorbei. Die Tür stand weit offen. Als ich hineinschaute, bemerkte ich den „roten Heinzi", der wie ein Boxer in der Ecke lehnte und Champagner trank. Ich war sprachlos.

Einige Sekunden war es totenstill, dann sagte er: „Servus Teddy, i hab g'hört, du suachst mi?"

Die Fahndung war ein deutscher Irrtum.

Der dressierte Tod
des Oberst Anton Bäuml

In der Zeitschrift „Der Reiter" vom 30. März stand folgende Notiz:

„Am 15. März starb nach einem schweren Unfall Oberst a.D. Anton Bäuml während einer Notoperation in der ersten Unfallstation des Allgemeinen Krankenhauses. Bäuml wurde von seinem durchgehenden Hengst Radoppio erschlagen. Einen Nachruf auf unseren Reiterkameraden finden Sie auf Seite 21."

Ich möchte Ihnen die Lektüre dieses Nachrufes ersparen, denn Sie erfahren daraus nichts über die Person und das Leben des Oberst Bäuml. Stattdessen möchte ich die Geschichte seines Todes erzählen, denn die Geschichte des Todes ist ja, wie man weiß, die eigentliche Geschichte des Lebens:

Anton Bäuml war ein Oberst und damit ist schon vieles über seine Vergangenheit erzählt. Für den Sohn eines österreichischen k.u.k. Militärarztes, der kurz nach dem Zusammenbruch der Monarchie auf die Welt gekommen war, galt es als ein Glücksfall, dass die Erste Republik ein Bundesheer aufstellte. Niemand in der angesehenen Arztfamilie zweifelte daran, dass der junge Bäuml die Militärakademie in Wiener Neustadt besuchen würde, am wenigsten er selber. Er freute sich darauf. Vor allem, weil er Pferde und alles, was damit zu tun hatte, liebte.

„Keine Frage", sagte der Oberarzt Bäuml, „der Bub geht zur Kavallerie" – und der Bub ging zur Kavallerie.

Anton Bäuml war einer der besten Schüler. Strebsam, aufmerksam, gehorsam und – was seine Vorgesetzten und Kameraden gleichermaßen beeindruckte – ein reiterliches Naturtalent. Es waren nicht nur sein körperliches Geschick, seine Kraft, seine Ausdauer und seine Umsicht; es war vor allem der innige Kontakt, den er sofort zu dem Tier fand.

Seine Mitschüler begegneten ihm allerdings mit einer gewissen Scheu. Wenn sie ihm etwas sagten, schien er nicht zuzuhören. Seine Gedanken waren ganz woanders. Er wusste selbst nicht, wo sie waren, und das machte ihn unsicher. Ständig hatte er mit einer Bangigkeit zu kämpfen, die er erst überwinden konnte, wenn er im Sattel saß. Nur dort fühlte er sich sicher.

Kurz nachdem Bäuml die Militärakademie mit ausgezeichnetem Erfolg absolviert hatte, marschierten deutsche Truppen in Österreich ein und vollzogen den „Anschluss". Es gab andere Uniformen, eine andere Heeresdienstvorschrift, andere Vorgesetzte, aber die Pferde blieben dieselben. Das war das Wichtigste für Bäuml.

Auch der Krieg hatte für Bäuml keinen Schrecken. Er galoppierte von Sieg zu Sieg. Zuerst Polen, dann Frankreich und schließlich Russland. Von allen Fronten schickte er Feldpostbriefe nach Hause, in denen er sich über Art, Befinden und Benehmen seiner Pferde ausführlich verbreitete.

Als der Russlandfeldzug seiner Katastrophe entgegenging, hatte die Kavallerie ausgedient. Reitpferde waren ein Luxus, den die oberste Heeresleitung nicht mehr dulden konnte. „Alle verfügbaren Pferde", so hieß es im Tagesbefehl, „werden ab sofort an der Ostfront als Zugtiere eingesetzt."

Erst jetzt begann Bäuml auf Hitler zu schimpfen. Daran konnte auch seine Beförderung zum Oberst nichts ändern. „Was ist das für ein Regime", sagte der Oberst, „das Warmblüter vor den Wagen spannt!"

Damit war für ihn der Krieg verloren. Er war auch tatsächlich verloren.

Es wäre falsch, würde man behaupten, dass der Oberst diesen Verlust bedauert hätte. Er bedauerte vielmehr, dass es keinen Krieg mehr gab. Der Zustand des Krieges fehlte ihm, für den sein Leben eingerichtet war, unabhängig von Sieg oder Niederlage. Er hatte sein Leben lang Uniform getragen – jetzt gab es keine mehr. Er hatte gelernt, zu befehlen und zu gehorchen – jetzt gab es weder Vorgesetzte noch Untergebene. Er hatte Taktik und Strategie studiert, wusste alles über Zangenbewegungen und geordneten Rückzug – was sollte er jetzt mit diesem Wissen anfangen? Und er hatte vor allem reiten gelernt – jetzt hatte er kein Pferd. Schon als Kind hatte er sich über Zivilisten lustig gemacht. Jetzt war er einer.

Der Oberst konnte seinen Anblick im Spiegel nicht ertragen. Er war etwa 1,70 Meter groß, drahtig und stand immer mit einer leichten Vorlage, fast wie eine Schaufensterpuppe, in seinen Reitstiefeln, die er aus besseren Kriegstagen in den trostlosen Frieden gerettet hatte. Sein feines, schon etwas graues Haar hatte er ohne Scheitel streng nach hinten gebürstet. Sein Gesicht wirkte knochig durch die kantige Nase, die übergangslos zwischen den hellgrauen, stechenden Augen heraussprang. Die Augenbrauen, von denen seltsamerweise nur eine buschig war, waren über der Nasenwurzel zusammengewachsen. Das galt seinerzeit als Merkmal für besondere Brutalität. Aber brutal war Oberst Bäuml wirklich nicht. Er war konsequent, ja stur, wenn es darum ging, einen Plan, von dem er überzeugt war, in die Tat umzusetzen. Aber er hatte keine Pläne mehr.

Bekleidet war er mit einem Sakko, das eigentlich zu einem Anzug gehörte. Es wirkte tatsächlich etwas lächerlich. Nicht so sehr, weil das Sakko dem Oberst viel zu groß war, sondern weil ein Zweireiher zu Reithosen immer dumm aussieht. Das viel zu weite Hemd war ziemlich ausgebleicht, bis auf den Kragen. Der war mit einem Stück Stoff des Rückenteils neu angefertigt worden. Die Schlinge der Kunstseidenkrawatte war etwas zu fest angezogen, sodass sich der Kragen wellenförmig um den sehnigen Hals legte.

„Das ist lächerlich", sagte er zu Frieda, „so kann ich unmöglich auf die Straße gehen ... Straße gehen." Wenn er aufgeregt war, wiederholte er immer die letzten beiden Worte eines Satzes.

„Das stimmt nicht, du siehst großartig aus", sagte sie. Frieda war eine Kriegswitwe, die er in einem offenen Waggon eines Flüchtlingszuges kennengelernt hatte.

Sie hatte ihn, in Wien angekommen, in einem Kabinett ihrer Wohnung untergebracht und mit der Garderobe ihres in Russland gefallenen Mannes versorgt.

Der Oberst war beschämt. Einerseits war er froh, ein Dach über dem Kopf zu haben. Andererseits fühlte er sich gedemütigt, dass er auf die Hilfe einer mittellosen Witwe angewiesen war, die mit drei kleinen Kindern alleine geblieben war.

Von Frauen und Kindern wusste der Oberst nicht viel, außer, dass man sie immer evakuieren musste. Er hatte auch noch nicht viel Gelegenheit gehabt, sich mit Frauen auseinanderzusetzen. Im Großen und Ganzen teilte er sie in zwei Gruppen ein. In „Weiber", die hatte man halt so hin und wieder, und in „Damen". Für den Umgang mit Damen gab es für ihn nur zwei Schlüsselwörter, die er mit hochgezogener buschiger Augenbraue und abgehackt aussprach: „Kor-rekt."

Frieda gehörte zweifellos zur Kategorie der Damen und er beschloss, sich kor-rekt und ga-lant zu verhalten, obwohl er innerlich sein Schicksal verfluchte, in eine Weiberwirtschaft geraten zu sein.

Frieda hingegen sah die Dinge wesentlich unkomplizierter und praktischer. Schließlich musste in diesen Tagen bei dem Männermangel kurz nach dem Krieg jede Frau glücklich sein, einen Mann im Haus zu haben: „Es ist zwar nicht die große Liebe, aber was nicht ist, kann noch werden." Überdies war der Oberst ein fescher Mann und die kleine Tochter und ihre beiden Brüder hatten, wenn schon keinen Vater, so doch wenigstens einen netten „Onkel".

Der Onkel war allerdings den Kindern im gleichen Maße unheimlich wie umgekehrt. Für die Kinder war er ein fremder Mann, dem die geliebte Mutter offensichtlich grundlos immer mehr Zärtlichkeit und Aufmerksamkeit schenkte. Für den Oberst waren die Kinder die Verkörperung der Unordnung schlechthin.

Nichts hasste er mehr als Unordnung. Und hier hatte er allen Grund dazu. Die Wohnung war übersät mit schmutzigen Windeln und ungewaschenem Geschirr. Dazwischen Unterhosen, Strümpfe und ein Teddybär, der vor einigen Jahren mit Milch überschüttet worden war, die sein Plüschfell gierig aufgesaugt hatte, weshalb es jetzt einen scharfen, magensäuerlichen Geruch von verfaultem Magerkäse verströmte.

Im Vorzimmer vermischte sich dieser Geruch mit dem Duft von Friedas schwerem Parfum, das ihr Mann vor Jahren aus dem besetzten Frankreich geschickt hatte. Frieda war diesem Haushalt offensichtlich nicht gewachsen, der Oberst noch weniger. Er beschloss auszuziehen.

„Ich kann hier nicht leben", sagte der Oberst, „ich bin das nicht gewöhnt. Aber ich werde euch selbstverständlich nicht im Stich lassen. Das wäre nicht kor-rekt."

„Wenn er einmal aus dem Haus ist", dachte sich Frieda, „dann ist er für immer weg." Sie rief daher: „Anton! Ich liebe dich und ich brauche dich. Bitte verlass mich nicht!" Dann begann sie zu weinen und die Kinder weinten mit.

Der Oberst war verwirrt und hilflos und auch ein wenig stolz. Zum ersten Mal hatte ihm eine Frau ihre Liebe gestanden. Er lächelte.

Blitzschnell erkannte Frieda ihre Chance: „Bleib nur einen Monat auf Probe", schluchzte sie, „das Kabinett ist für dich allein, du kannst tun und lassen, was du willst."

Frieda zog ihn ins Kabinett, machte die Türe zu und sperrte ab: „Du brauchst keine Rücksicht auf mich zu nehmen. Aber liebe mich!"

Und der Oberst liebte Frieda, während die Kinder schreiend und weinend an die Tür des Kabinetts schlugen.

Von nun an hatte der Oberst eine Familie. Er hatte keinen Beruf, er hatte kein Geld, er hatte kein Pferd, aber er hatte eine Frau und drei Kinder. Und er beschloss, das Beste daraus zu machen. Er richtete sich sein Kabinett ein wie ein Zelt. Er wollte sich das Gefühl bewahren, hier nur vorübergehend zu wohnen. Er ließ seine wenigen Kleider und Wäschestücke im Koffer, hängte seine Taschenuhr mit der Kette an die Wand und legte die Brille und das Taschenmesser auf ein dreibeiniges Klappstockerl, das ihm als Nachtkästchen diente.

Wenn er um sechs Uhr früh sein Zelt verließ, um ins Finanzamt zu gehen, wo er eine Anstellung als kleiner Vollstreckungsbeamter bekommen hatte, musste er das Schlafzimmer durchqueren, in dem Frieda mit den drei Kindern in zwei Betten schlief. In der Küche wusch er gerade so viel Geschirr ab, als er für

seinen Kaffee brauchte, den er schwarz und unge-
zuckert trank. Dann ging er zu Fuß ins Amt. Er war
immer viel zu früh im Büro. Aber schließlich war er
die Morgenarbeit mit dem Pferd gewöhnt. Er konnte und wollte sich nicht umstellen.

Während seiner Arbeit, die er selbstverständlich
genau und kor-rekt ausführte, fürchtete er sich schon
vor der Heimkehr zu Frieda und den Kindern. Meist
ging er deshalb nach Büroschluss noch stundenlang
spazieren.

Er fuhr mit dem 118er in den Prater und marschierte die verschlungenen Reitwege entlang. Das war natürlich verboten, denn es war gefährlich. Aber der
Oberst witterte ein Pferd, bevor man es noch hören
und sehen konnte. Wenn sich ein Reiter näherte, ging
er zur Seite und betrachtete ihn mit offensichtlicher
Missgunst.

„Was ist das für eine Welt", dachte er, „in der Ka-
valleristen zu Fuß gehen müssen und übergewichtige
Zivilisten wie Säcke von ihren Pferden herumgetra-
gen werden?" Warum hatten all diese unmöglichen
Menschen Pferde, nur er nicht? Für ihn war schließlich das Pferd die Voraussetzung für eine menschli-
che Existenz. Mit Sport hatte das Pferd für ihn gar
nichts zu tun. Es war vielmehr die einzige Möglichkeit, frei zu sein – frei in seinen Gedanken, in seinen
Gefühlen und in seinen Träumen. Erst wenn er im
Sattel saß, wusste er, dass er auf der Welt war, dass
es ihn gab. Und wenn er nicht zugrunde gehen wollte,
das wurde ihm immer klarer, brauchte er ein Pferd.

Seine Spaziergänge auf den Reitwegen wurden ausgedehnter. Manchmal, wenn ein Reiter an ihm vorbeikam, der schlampig im Sattel saß, sprang er aus dem Gebüsch, beschimpfte ihn brüllend und attackierte ihn nicht selten mit seinem Regenschirm: „Heben Sie Ihren fetten Arsch, Sie Scheißer, wenn Sie leicht traben. Wie wollen Sie Ihrem Pferd Hilfen geben, wenn Sie selbst hilflos sind?"

Der Oberst ergriff immer die Partei des Pferdes. Es tat ihm leid, wenn es unter solchen „Idioten" arbeiten musste.

Einmal hatte er einen Prokuristen der Firma Bunzl & Biach mit dem Griff seines Regenschirms aus dem Sattel gerissen. Der arme Teufel hatte sich unbeobachtet gefühlt und sich im Sattel eine Zigarette angezündet.

Allmählich wurde der Oberst eine bekannte und gefürchtete Figur in den Praterauen. Er irrlichterte durch die Wälder und tauchte wie ein Schratt überraschend einmal hier und einmal da auf. Dadurch wurde die Baronin Lilly Waldberg auf ihn aufmerksam, die im Prater eine Reitschule betrieb.

So wurde Bäuml Reitlehrer in der Reitschule Waldberg. Es war eine entwürdigende Tätigkeit. Aber, so rechnete er, bei strenger Sparsamkeit wäre es wohl möglich, irgendwann das Geld für ein eigenes Pferd zusammenzubekommen. Also stand er täglich nach Büroschluss im Karree und longierte. Während ihn das Schulpferd mit einem durchgeschüttelten Anfänger auf dem Rücken umkreiste, zogen die Gedanken des Oberst in die Zukunft und die Träume von seinem Pferd wurden immer konkreter.

Nach der Arbeit ging er anfangs immer ins Gasthaus Freudenau, wo die meisten Jockeys verkehrten, doch bald begann er dieses Lokal wieder zu meiden, denn die Jockeys gingen ihm auf die Nerven. Sie redeten nur über „Weiber" und hatten für Pferde im Grunde genommen gar nichts übrig. Noch weniger als das: Für sie waren diese dummen Tiere ein notwendiges Übel zum Geldverdienen. Arbeitsgeräte also, zu denen man keine Beziehung hatte, die man im Training aufbaute, damit man sie im Rennen auspressen konnte. Eine derartige Gesinnung war für den Oberst unerträglich und er schlug sein Hauptquartier im Gasthaus „Zur Hauptallee" auf.

Dort stand er an der Theke in einer leichten Vorlage und trank sechs bis acht Krügel Bier. Selbstverständlich ohne etwas zu essen. Auch mittags aß er nichts. Nicht weil er sparen wollte. Er hatte einfach keinen Hunger. Frieda kochte zwar täglich für die Kinder und stellte ihm einen Teller in die Küche, doch wenn er gegen 24 Uhr nach Hause kam, rührte er nichts an.

Frieda ließ es sich trotzdem nicht nehmen, auf diese Weise für ihren Anton zu sorgen. Frieda wollte einen eheartigen Zustand herbeiführen. Sie wollte ihm ein „Heim" geben. Er sollte sich „geborgen" fühlen, er sollte sie „brauchen". Mit einem Wort: Er sollte sie heiraten. Aber der Oberst war bedürfnislos und es ist schwer, einen Asketen abhängig zu machen.

Wenn er in der Nacht in sein „Zelt" zurückkehrte, stopfte er sich vor dem Zubettgehen noch zwanzig oder dreißig Zigaretten. Nicht so sehr, weil er ein starker Raucher gewesen wäre, sondern als Konzentrationsübung. Schließlich war er um diese Zeit manchmal nicht mehr ganz nüchtern.

Allmählich wurde das Leben für den Oberst erträglich. Wenn man vom Büro und den Reitstunden absah, spielte es sich großteils an der Theke im Gasthaus „Zur Hauptallee" ab. Der Oberst wurde zu einer zentralen Figur der Praterreiterei. Im Gasthaus hielt er Hof. Er gab dem einen oder anderen fachliche Ratschläge, erzählte von wundersamen Erlebnissen mit Pferden, lobte und tadelte in angemessener Weise, aber nur, wenn er darum gebeten wurde. Er genoss es sichtlich, als Autorität betrachtet zu werden. Wenn er gelegentlich von einem dankbaren Reitschüler auf einen Drink eingeladen wurde, dann bestellte er sich einen Kognak, den er besonders vornehm als „Gonjagg" aussprach.

Der Oberst ließ sich sein Wohlwollen selbstverständlich nicht abkaufen. Es konnte durchaus passieren, dass er den Kognak auf einen Zug austrank und dann für den Rest des Abends kein Wort mehr sagte. Dann stand er da, rauchte seine selbstgestopften Zigaretten und freute sich auf den Tag, an dem er sein eigenes Pferd haben würde. Und der Baronin Lilly, die ihn in schändlicher Weise als ihren Domestiken behandelte, das Arschlecken anschaffen könnte.

An einem Samstagabend wurde er jäh aus dieser Stimmung gerissen, als Frieda die Gaststube betrat, mit ausgebreiteten Armen auf ihn zuging und sagte: „Ich muss doch einmal schauen, was du so treibst!"

Der Oberst war beunruhigt. Was wollte sie von ihm?

„Was ist passiert?", fragte er, während er ihr ga-lant aus dem Mantel half.

„Nichts ist passiert. Aber wir leben schließlich zusammen, also möchte ich an deinem Leben teilhaben."

„Dagegen ist nichts zu sagen", dachte der Oberst. Aber der Gedanke, dass sie von jetzt an, so oft es ging, neben ihm an der Theke stehen würde, machte ihn nervös. Er würde mit ihr reden müssen, wenn er eigentlich schweigen wollte. Er müsste ihr die Menschen, die er schon seit vielen Jahren kannte, erklären. Er könnte nicht mehr bleiben, so lange er wollte.

Dann fiel ihm eine mögliche Rettung ein. Mit einem Hoffnungsschimmer in den Augen fragte er: „Und was ist mit den Kindern?"

„Die sind ja schon groß, die kann man jetzt schon allein lassen", sagte Frieda und musterte interessiert die Freunde Antons. Dann bestellte sie sich wie er ein großes Bier und sagte so laut, dass es alle hören konnten: „Ich werde jetzt reiten lernen – bei der Baronin Lilly."

In dieser Nacht schlief der Oberst besonders schlecht. Es war die schlimmste Nacht seit dem Angriff im großen Weichselbogen. Im Morgengrauen stand er auf, trank seinen schwarzen Kaffee und machte sich auf die Suche nach einem Pferd – nach seinem Pferd.

Er fuhr mit dem ersten Bus in das Burgenland. In Parndorf kannte er einen Pferdezüchter, der ihm schon mehrmals ein Pferd angeboten hatte.

Von nun an fuhr der Oberst Sonntag für Sonntag auf Pferdesuche. Er reiste quer durch Österreich. Er kam nach Ungarn, nach Deutschland, er lernte viele Leute kennen, aber er fand kein Pferd.

Das lag daran, dass er nicht irgendein Pferd suchte. Er suchte sein Glück. Er suchte seine Zufriedenheit und seine Erfüllung. Eigentlich war er auf der Suche nach dem Sinn des Lebens, und den hat ja schließlich noch keiner so rasch gefunden.

Überall, wo er hinkam, wurde er gefragt, wie er sich denn sein Pferd vorstelle. Aber er konnte es nicht sagen. Seine Sehnsucht hatte ihm ein genaues Bild dieses Pferdes entworfen. Aber er konnte es nicht mit Worten wiedergeben. Es war ein Bildnis, modelliert aus Gefühlen, eine Holographie des Herzens.

Als er eines Sonntags wieder einmal im Autobus nach Wien saß und aus dem angelaufenen Fenster blickte, sah er in einer Koppel sein Pferd. Es war ein hochrahmiger, etwa zweijähriger Hannoveraner-Hengst. Er stand am Zaun und schaute interessiert dem Autobus nach. Bäuml befahl dem Fahrer anzuhalten und sprang aus dem Bus. Dann lief er hundert Meter zurück bis zur Koppel. Der Hengst stand noch da und ließ sich kraulen. Dann machte er einen Sprung, schlug aus und galoppierte davon. Der Oberst war fasziniert. Kein Zweifel, das war sein Pferd!

Als der Bauer aus dem Haus auf die Koppel kam, fragte ihn der Oberst: „Ist dieses Pferd zu verkaufen ... zu verkaufen?"

„Der spinnt", sagte der Bauer, „der ist anders als die anderen."

Genau das wollte der Oberst – ein Pferd, das ganz anders war als die anderen.

„Ist es schon zugeritten?", fragte er.

„Nein", antwortete der Bauer, „der wird auch nicht zugeritten, denn er lässt sich nicht zureiten. Aber ... wenn Sie ihn kaufen wollen", nahm er die Frage des Oberst vorweg, „können Sie ihn für achttausend Schilling gleich mitnehmen."

Der Handel war abgeschlossen. Der Oberst war glücklich. Der Hengst wurde auf den Namen Radoppio getauft. Ein Ausdruck aus der Fechtersprache, der soviel bedeutet wie „doppelter Ausfallschritt".

Der Oberst mietete für Radoppio eine Box in der Freudenau und sorgte dafür, dass er die beste Betreuung bekam. Von nun an fuhr er zweimal täglich in den Prater, in der Früh und am Nachmittag. Langsam begann er sich mit seinem Pferd anzufreunden.

Die Freundschaft wurde von Tag zu Tag inniger und Radoppio von Tag zu Tag eigenartiger. Bei der täglichen Arbeit war er oft störrisch und stur. An manchen Tagen ging er willig die eine oder andere Dressur, und an anderen sprang er nur wild auf dem Arbeitsplatz herum. Doch der Oberst hatte Geduld.

„Dieses Pferd", sagte er, „ist etwas Besonderes. Es braucht viel Liebe!"

Die Stallburschen waren anderer Meinung. Einer von ihnen war schon zweimal gebissen geworden, der andere war beim Stroheinstreuen von der Hinterhand Radoppios an der Hüfte schwer verletzt worden.

Als der Oberst das dritte Mal gebissen worden war und eine tiefe Fleischwunde am Oberarm erlitten hatte, die genäht werden musste, empfahl der Tierarzt, das Pferd zu erschießen. Bäuml war entsetzt.

„Mit einem schwierigen Pferd muss man eben fertig werden", sagte er.

Aber er musste sich eingestehen, dass auch er allmählich Angst bekam. Trotzdem arbeitete er unermüdlich mit Radoppio. Er musste ihn jetzt selbst betreuen, denn kein Stallbursche wagte sich mehr in die Box.

Auch der Oberst musste sich überwinden, seinem Pferd näher zu kommen. Vielleicht war es nur Einbildung, aber er glaubte, dass ihn Radoppio bösartig anstarrte.

Mittlerweile waren der Oberst und sein Pferd zum beherrschenden Thema der Reitschulen und Gasthäuser des Praters geworden. Es wurden bereits Wetten abgeschlossen, ob der Oberst gewinnen würde oder das Pferd. Der Oberst setzte auf sich. Frieda auf das Pferd.

„Du musst das Pferd weggeben", flehte sie, „wir alle brauchen dich, und zwar gesund!"

War er noch gesund? Konnte er gesund bleiben, wenn einem sogar die intimsten Probleme weggenommen würden? Und Radoppio war ausschließlich sein Problem. Er hatte ihn ausgesucht, er musste mit ihm leben, und er konnte eigentlich auch nicht mehr ohne ihn leben. Ohne Radoppio und ohne die Furcht, die er vor ihm hatte.

Am nächsten Tag betrat er den Stall und wurde wie immer vom Wiehern Radoppios begrüßt. Er sattelte das Pferd, führte es in die warme Märzsonne, stieg auf und ging zum ersten Mal ins Gelände.

„Einmal muss es ja sein", dachte er.

Im leichten Trab ritt er über eine Wiese, deren Gras vom Schnee niedergepresst war. Da und dort gab es schon einen frischen Maulwurfshügel. Auch dicke Fliegen, die irgendwo überwintert hatten, taumelten benommen durch die milde Luft. Als ein Windstoß einen dürren Ast auf den Reitweg fallen ließ, ging Radoppio durch.

Darauf hatte der Oberst schon gewartet, damit hatte er rechnen müssen. Na ja, jetzt ist es also so weit, dachte er. Er richtete sich in den Bügeln auf, damit sich das Pferd im Galopp voll durchstrecken konnte. Es befand sich in einem Zustand von Angst und Hysterie. Der Oberst blieb ruhig. Schließlich war es nicht das erste Mal, dass ein Pferd mit ihm durchging.

Als er mit Höchstgeschwindigkeit eine Wiese überquerte, sah er aus den Augenwinkeln Frieda und die Kinder, die ihm gefolgt waren.

„Auch das noch", brummte er und zwang Radoppio in eine große Tour, deren Radius er immer mehr verkürzte, bis er ihn endlich zum Stehen brachte.

Radoppio stand regungslos auf einer leichten Anhöhe und zitterte. Er war schweißüberströmt. Der Oberst klopfte ihm beruhigend auf den Hals und lächelte. Er hatte es geschafft. Er hatte seinen Willen durchgesetzt. Seine Angst war verflogen. Langsam richtete er sich auf und öffnete den Reitmantel, denn auch ihm war heiß geworden. Jetzt war er am Ziel. Er hatte ein Pferd, das gehorchte – nur ihm gehorchte. Von der nahen Donau klang das Horn eines Dampfers herüber.

„Ich muss heute einmal mit Frieda ausgehen", dachte er. „Ich werde sie heiraten, das ist kor-rekt."

Als er sich mit dem Taschentuch den Schweiß aus den Augen wischte, stieg der Hengst erneut auf, machte einen gewaltigen Satz nach vorne und ging ein zweites Mal durch – ohne Grund.

Darauf war der Oberst nicht gefasst gewesen. Er stürzte rückwärts über das Pferd und blieb mit dem rechten Fuß im Steigbügel hängen. In wildem Galopp hetzte das verängstigte Tier durch den Park und versuchte, das lästige Gewicht abzuschütteln. Jeder zweite Hufschlag traf den Oberst am Kopf. Erst vor dem Stall blieb der Hengst stehen. Für den Oberst gab es keine Rettung mehr.

Kurze Zeit später wurde der Hengst erschossen und obduziert. Man stellte schwere Veränderungen am Gehirn fest, wie sie sonst bei Pferden nicht anzutreffen sind.

Dieses Pferd, erzählte man in den Wirtshäusern im Prater, dieses Pferd war ein Mörder.

Aber es war nicht der Mörder – es war der Tod des Oberst a.D. Anton Bäuml.

Das goldene Wienerherz

Dr. Kurt Jeschko war Sportjournalist, zunächst bei verschiedenen Zeitungen, dann beim Fernsehen. In einer Branche, die ein wenig verrufen war, repräsentierte er mit seinem Doktorat der Philosophie die seriöse Seite des Sportjournalismus.

Er präsentierte im Fernsehen die Sportnachrichten, zu einer Zeit, in der es noch keine „Autocue", also eine Art Ablesehilfe für die Sprecher gab. Das heißt, die Sprecher, auch die der „Zeit im Bild", mussten ihre Nachrichten vom Blatt ablesen.

Dr. Kurt Jeschko war eine Ausnahme. Er wusste alles auswendig. Hin und wieder stimmten die Basketball-Resultate aus der schwedischen Damenliga nicht ganz, aber das konnte und wollte ihm auch keiner nachweisen.

Dr. Kurt Jeschko war also ein Gedächtniswunder. Erst nach seinem Tod erfuhr ich, dass er gleichzeitig auch ein Frauenliebling war. Seine letzte Liebe galt einer Fernsehmitarbeiterin, deren Identität bis heute nicht ganz geklärt ist.

Um so intim wie möglich zu sein, schlug Dr. Jeschko seiner Angebeteten vor, ein Etablissement aufzusuchen, das in Fachkreisen einen ausgezeichneten Ruf genoss: das Monopol, eine vorübergehende Bleibe, die das Niveau eines Stundenhotels bei Weitem übertraf. Dort sollte er nicht nur sein Glück, sondern auch sein Ende finden.

Die Nachricht vom Liebestod meines Kollegen
Dr. Kurt Jeschko ereilte mich auf einer fernen Insel
in der Ägäis, von der ich erst einige Tage nach dem
Begräbnis zurückkommen konnte.

In der Schönbrunner Allee traf ich meinen väter-
lichen Freund Josef Holaubek, den ehemaligen Polizeipräsidenten von Wien. Er war sehr verbittert über
seine, wie er fand, überstürzte Pensionierung und verfolgte alle Aktivitäten seines Nachfolgers mit Argus-
augen.

„Hearst Podgorski", rief er mir zu, „was sagst zum
Kurtl?"

„Was soll man da sagen", antwortete ich.

„Was sagst zum Kurtl", schrie er nochmals, „das ist
doch ein Wahnsinn!"

„Natürlich sind das sehr dramatische Umstände",
sagte ich kleinlaut. „Und die Sache ist natürlich sehr
peinlich für die Hinterbliebenen."

„Podgorski, ich sage dir eines", donnerte er, „wann i
no Polizeipräsident g'wesen wär – hätten s' den Kurtl
g'funden in Schönbrunn beim Taubenfüttern."

Ich erbte von Dr. Kurt Jeschko den Auftrag, für den
berühmten Molden Verlag das offizielle Olympia-Buch
1976 zu schreiben.

Während der ersten Gespräche, die ich in dieser
Sache mit Ernst Molden führte, erschien seine Sekre-
tärin und meldete den Anruf von Kuno Knöbl, damals
Unterhaltungschef im österreichischen Fernsehen.
Ernst Molden war nicht gewillt, in meiner Gegen-

wart zu telefonieren, und vertröstete die junge Dame
auf später.

„Entschuldige, wenn ich neugierig bin", sagte ich,
„macht der Kuno bei dir ein Buch?"

„Ja", sagte Molden, „es hat den Titel: ‚Tai Ki'."

So hieß ein Floß, mit dem Knöbl und einige Freunde eigentlich beweisen wollten, dass die Südsee von
Hongkong aus besiedelt worden war.

„Aber das Floß ist doch kurz nach dem Stapellauf
untergegangen und die Schiffbrüchigen mussten von
Hubschraubern gerettet werden?"

„Du musst natürlich alles negativ sehen", sagte Molden sehr zornig.

„Aber wie kann man ein Buch über eine Expedi-
tion schreiben, die nicht stattgefunden hat?"

„Du bist nicht negativ", sagte er, „du bist bösartig!"

„Nein, nein", räumte ich ein, „vielleicht wird's ja
ganz toll, aber darf ich dich was fragen? Was steht in
diesem Buch?"

Der berühmte Verleger blickte nachdenklich aus
dem Fenster seines luxuriösen Büros und sagte: „Mein
Gott ... was steht in den anderen Büchern!"

Wien für Anfänger

Was ist die österreichische Seele? Wie denken wir?
Sind wir anders als andere? Fragen, die man nicht
beantworten kann.

Besonders beschäftigen sich ja die Deutschen mit
unserem Seelenleben und haben den Ehrgeiz, es zu
erforschen. Vor allem die deutschen Journalisten und
Regisseure werden nicht müde, der „österreichischen
Sache" auf den Grund zu gehen. Aber alle müssen sie
immer wieder erkennen, dass der Österreicher unergründlich und daher auch unberechenbar ist. Vor
allem der Wiener.

Ich arbeitete lange in der Redaktion des aktuellen
Dienstes des Fernsehens, die die „Zeit im Bild" produzierte. Wir waren fünf Redakteure. Am Vormittag
trafen wir uns, um den Inhalt und Ablauf der Sendung
zu besprechen. Dann sichteten wir das in- und aus-
ländische Filmmaterial, bearbeiteten es und schrie-
ben anschließend die Texte dazu. Dann hatten wir
eine Stunde Pause. Die Sendung musste von den Cut-
tern montiert werden. Erst dann konnten von einem
Sprecher die Texte aufgesprochen werden. In dieser
Pause besuchten wir ein altes Meidlinger Wirtshaus
namens Schrammel. Danach ging die Arbeit bis Sendungsbeginn weiter.

Eines Tages rief mich der Fernsehdirektor in der
Redaktion an und sagte: „Passen S' auf, bei mir sitzt

a Piefke vom Norddeutschen Rundfunk, i waas net, was der will. I schick Ihnen den rüber!"

Nach wenigen Minuten erschien der norddeutsche Kollege und ich fragte ihn, was wir für ihn tun könnten.

„Ich mache einen Film über Wien", sagte er, „über eine Stadt, die die Wiener ja selbst nicht kennen. Wien hat Abgründe, Wien ist von einer unendlichen Traurigkeit. Vor allem aber ist Wien eine totgeweihte Stadt. Eigentlich seid ihr alle schon tot, ihr merkt es bloß noch nicht." Er blickte triumphierend in die Runde, stolz über seinen Befund des nahen Endes. „Jede Straße, jedes Haus und jeder Mensch in dieser Stadt verströmt eine Modrigkeit, die mit Walzerklängen nur dürftig verdeckt werden kann. Ich möchte mit meinem Film endlich Schluss machen mit all den Gemeinplätzen, mit denen die Begriffe ‚Wien' und ‚Österreich' überfrachtet sind. Die Wiener Mentalität gehört endlich einmal unter ein unbarmherziges Seziermesser, das die österreichische Banalität bloßlegt."

„Ja gut", sagte ich „aber was können wir denn dann für Sie tun?"

„Ich dachte, Sie wüssten einige Locations in dieser Stadt, wo man all das filmisch eindrucksvoll umsetzen kann."

Meine Kollegen blickten fassungslos von ihren Schreibmaschinen auf.

„Der Prater", schlug einer vor, „Hotel Sacher" der nächste, aber als dann einer „Riesenrad" sagte, schrie der Filmemacher aus dem Norden auf.

„Nein, nein und nochmals nein, genau das eben nicht. Mein Film hat nichts am Hut mit diesen alten Kamellen!"

Daraufhin setzte feindseliges Schweigen ein. Wir arbeiteten an unseren Texten weiter und unser Gast machte keine Anstalten, uns zu verlassen. Offenbar hoffte er noch immer auf Unterstützung.

„Gehn ma nicht zum Schrammel?", fragte schließlich einer meiner Kollegen besorgt.

„Na sicher", sagte ich.

„Was mach ma denn mit dem?"

„Den müssen wir mitnehmen", antwortete ich.

„Na geh, der erzählt uns dort irgendwas vom Sterben, des brauch ma dort net!"

Wir können ihn aber auch nicht hier allein lassen, dachte ich und sagte: „Wollen Sie nicht mit uns in ein Gasthaus gehen?"

Der deutsche Kollege sah verärgert auf seine Uhr, dann sagte er: „Nee."

„Es ist aber ein typisches Wiener Gasthaus!"

„Na dann", sagte er und begleitete uns zum Schrammel in der Schönbrunner Straße.

Herr Leo, ein grantiger, unhöflicher Kellner, der kurz vor der Pensionierung stand, nahm die Bestellungen auf: „Ein Krügerl, ein Spritzer, ein Seiderl, ein Achterl …"

Dann fragte er unseren Gast: „Und der Herr bitte?"

Unser Gast sah wieder auf seine Uhr und hilfesuchend in die Runde.

„Sie sind eingeladen", flüsterte ich.

Aber unser deutscher Freund konnte sich nicht entscheiden. Herr Leo wurde ungeduldig: „Und der Herr bitte ..."

Nach einer unerträglich langen Pause kam die Antwort: „Ach, bringen Sie mir ne Tasse Tee."

Im Lokal wurde es totenstill. Einem Pensionisten am Nebentisch fiel die Gabel aus der Hand. Herr Leo machte einen Schritt zurück wie ein Boxer, der seinen Gegner an den Seilen hat. Dann sagte er fassungslos: „An Tee? An Tee wollen Sie haben? Lieber Herr, wir san ja kein Kaffeehaus! An Kaffee können S' haben."

Ich kann nicht sagen, ob dieser Film über Wien je gedreht wurde, aber fast jeder, den ich gesehen habe, könnte von unserem deutschen Freund gewesen sein. Wir haben ihn rasch aus den Augen verloren.

Liebestod

Dies ist eine der traurigsten Geschichten, die das Leben je geschrieben und der Volkstheater-Schauspieler Oskar Willner je weitererzählt hat:

Die Schauspielerin Paula Pfluger war eine der schönsten Frauen im Lande, wenn nicht die schönste. Sie war charmant, schlagfertig, verführerisch und abweisend zugleich. Sie war erotisch, aber dennoch kühl. Die Männer lagen ihr zu Füßen, aber soviel man erfahren konnte, erhörte sie keinen. Jeden Abend wurden riesige Blumengebinde in ihrer Garderobe abgegeben, aber niemals ließ sie es zu, dass ein Verehrer sie abholte.

Ein junger, schöner Schauspieler, der neu am Volkstheater engagiert war, verliebte sich unsterblich in die Diva, aber alle seine Versuche, sie auf sich aufmerksam zu machen, schlugen fehl. Verzweifelt versuchte er, wenigstens einen Blickkontakt herzustellen, aber die Pfluger sah durch ihn hindurch.

In seiner Ratlosigkeit vertraute er sich dem alten, erfahrenen Kollegen Oskar Willner an und klagte ihm sein Leid. Willner ermunterte ihn, nicht aufzugeben, und meinte: „Gehen Sie doch einfach nach der Vorstellung mit ein paar Blumen in ihre Garderobe und bitten Sie sie um ein Rendezvous. Was soll schon passieren?"

Der junge Mann klopfte also mit Herzrasen an die Garderobentür, einen riesigen Strauß roter Rosen in der Hand.

Die Pfluger saß fast unbekleidet vor dem Spiegel und schminkte sich ab. „Herein!", rief sie.

„Jetzt oder nie", dachte der junge Mann und betrat mit entschlossenem Schritt die Garderobe. Er hatte sich genau zurechtgelegt, was er sagen wollte, aber als er die Pfluger in all ihrer körperlichen Pracht vor sich sah, trocknete sein Mund aus und seine Stimme versagte.

Gleichzeitig spürte er, wahrscheinlich ausgelöst durch die große Aufregung, in seinem Bauch ein dumpfes Grollen, das Böses ahnen ließ. Er spürte, wie sich ein innerer Druck Luft zu machen versuchte. Er musste entsetzt feststellen, dass sich dieser Vorgang völlig seinem Einfluss entzog. Das Schicksal nahm Mäander für Mäander seinen Lauf. Da stand er jetzt versteinert wie Merkur, der Götterbote, den linken Arm mit den Rosen weit von sich gestreckt.

In seiner Verzweiflung presste er sich an den Garderobenkasten, um das Schlimmste zu verhindern. Aber nun wirkte dieser Kasten wie ein Cello, das den zarten Klang einer Saite zu saalfüllendem Klang verstärkt.

Der junge Mann wurde kreidebleich.

Die Pfluger schminkte sich weiter ab, drehte sich dann langsam zu ihrem Verehrer, sah ihm tief in die Augen und fragte: „Ham Sie an Schaas lassen?"

Der Auto-Autist

Jeder halbwegs ernst zu nehmende Geriater wird bestätigen, dass mit zunehmendem Alter das Langzeitgedächtnis geschärft und das Kurzzeitgedächtnis geschwächt wird. Ich erinnere mich daher mit großer Akkuratesse an meine Midlife Crisis – mit einem Wort an meine Jugend.

Jeder begegnet dieser Krise auf seine Weise. Die häufigste und populärste, wenn auch teuerste Art, diese Wetterscheide des Lebens zu durchmessen, ist die Scheidung. Sie beschert meist eine neue, unternehmungslustige Frau und einen Heidenspaß bei der Suche nach einer neuen Wohnung sowie deren Einrichtung mit jugendlichen Möbeln aus hellen Hölzern. Neue Freunde treten ins Leben, neue Verwandte umarmen einen, das Essen schmeckt anders und der Unmut über die Kirchensteuer wird zum Ärgernis.

Andere Männer erkennen die Leere ihres bisherigen Lebens, gehen als Spätberufene in ein Kloster und verbringen den Rest ihres Daseins im Zeichen der Rose.

Der eine oder andere zeugt einen späten Sohn oder stürzt sich in eine alles verzehrende Liebe, deren brennendes Verlangen umso größer ist, als an eine Scheidung, schon aus finanziellen Gründen, nicht zu denken ist.

Vereinzelt trifft man dann noch auf Esoteriker, Buddhisten und Weltumsegler.

Ich habe mir auf dem Höhepunkt meiner Midlife Crisis einen Maserati Indy 4.2 Baujahr 1970 gekauft.

Es wurden nicht viele Indies gebaut. Insgesamt nur 1136. Viele davon gibt es heute nicht mehr. Gevatter Rost hat sie hinweggerafft.

Als ich den meinen kaufte, war er auch schon zehn Jahre alt und so gut wie wertlos. Achtzigtausend Schilling habe ich für ihn bezahlt. Das legten mir sogar wohlmeinende Freunde als Schwachsinn aus. Außerdem gingen sie mir von da an aus dem Weg, weil sie die Rostkrätze des Indy für ansteckend hielten. Der Wagen lag vor mir wie ein riesiger sterbender Drache, an dem Siegfried und der heilige Georg gleichzeitig ihr Mütchen gekühlt hatten.

Ich will Ihnen und mir die Geschichte seiner Rekonvaleszenz ersparen. Ich will Ihnen vielmehr den Indy präsentieren, wie er heute gelegentlich zwischen Trausdorf und Wien anzutreffen ist.

In seinem glatten Blechfrack von Vignale sieht er aus wie ein Spielzeug für Playboys. Welch ein gefährlicher Trugschluss! Er ist wahrlich kein Spielzeug. Er ist eine Lebensaufgabe. Er bedarf der Hinwendung nicht nur eines, sondern vieler Menschen. Er bedarf einer Mischung aus Lebens- und Bewährungshilfe, denn er sieht zwar aus wie ein Auto, ist aber im Grunde genommen keines, wenn man davon ausgeht, dass man mit einem Auto fahren können sollte.

Der Indy ist wahrscheinlich das einzige Auto der Welt ohne Bodenfreiheit. Nicht mit wenig Bodenfreiheit – ohne. Das ist serienmäßig. In einer Zeit, als es noch keine Spoiler und Heckflügel gab, wurden diese Autos wie laichende Kröten auf den heißen Asphalt gelegt.

Für den armen Teufel, der den Indy für einen Reisewagen hält, bedeutet das, dass er sich die Reiseroute nicht aussuchen kann. Sie richtet sich nach der Straßenbeschaffenheit. Eine relativ einfache Lösung wäre ein Läufer, der, dem olympischen Fackelträger ähnlich, vor dem Maserati die Straße nach Hindernissen absucht.

Fast bei jeder größeren Fahrt mache ich einen Umweg von zwei- bis dreihundert Kilometern, weil die eine oder andere Baustelle unüberwindlich ist. Die vage Hoffnung, dass dieses Handicap durch mein hohes Körpergewicht verursacht wird, wurde leider bei einem Versuch mit Nachwuchsjockeys enttäuscht. Von da an wusste ich, dass ich mein Leben ändern sollte.

Aber die eigenwillige Bauweise des Maserati hatte auch ihre Vorteile. Ich lernte Landschaften kennen, in die ich sonst niemals geraten wäre. Die spiralenartige Annäherung an mein jeweiliges Reiseziel ließ mich zu einem profunden Kenner aller Bodenwellen auf Österreichs Straßen werden. Ein perfekter Kandidat für „Wetten, dass …“.

Es ist auch völlig ausgeschlossen, den Indy in eine Waschstraße oder auf eine Hebebühne zu fahren. Wenn es dennoch gelegentlich geschieht, dann nur mit großem technischem und personellem Aufwand. Der

Vorgang erinnert fatal an die Platzierung eines frisch eingelieferten Schwerverletzten auf dem Röntgentisch.

Doch was nützt ein Röntgen, um Depressionen festzustellen, um eine Neurose dingfest zu machen oder eine handfeste Paranoia? Ich habe lange gegrübelt und geforscht. Jetzt habe ich die Gewissheit: Mein Indy ist ein Autist. Sein Körper ist voll von Spannungen und Magnetfeldern. Voll von Ladungen und unsichtbaren Entladungen. Voll von Masseschlüssen und Kurzschlüssen. Kriechströme schleichen, ohne nennenswerten Widerstand vorzufinden, durchs Blech. Ein verkehrt gepolter Faraday'scher Käfig also, in dessen Innenraum man sich in sicherer Todesgefahr befindet.

Ein Wünschelrutengänger aus Kukmirn, der zufällig an dem Indy vorüberkam, erlitt schwere Verbrennungen an den Händen, als seine Rute wie eine Turbine zu rotieren begann. Seit diesem Zwischenfall ist der Indy unberechenbarer denn je. Bei Nachtfahrten schließt er bisweilen bei 200 km/h die Schlafaugen. Die Fenster öffnen oder schließen sich von selbst. In Tiefgaragen beginnt er, wenn er zu lange alleine gelassen wird, zu hupen. An heißen Sommertagen fängt seine Klimaanlage oft zu heizen an, auch wenn sie nicht eingeschaltet ist. Die Kühlventilatoren sind offensichtlich an einen Zufallsgenerator angeschlossen, die Radioantenne fährt selbständig aus und ein, die Scheibenwaschanlage überschwemmt plötzlich die Windschutzscheibe, während die Scheibenwischer blockieren. Die Blinker zeigen die Gegenrichtung an. Meistens.

Aus all dieser Not ist meine große Liebe zu dem Indy gewachsen. Von ihm weiß ich heute schon, was ich von anderen Freunden erst spät erfahren habe oder erfahren werde: Wenn's drauf ankommt, wenn's wirklich drauf ankommt, lässt er mich verlässlich im Stich.

Aber ich bin nicht alleine mit dieser Liebe. Da gibt es zunächst einmal den Alfred Furtner, Maserati-Guru aus Ottensheim an der Donau. Er hat den Indy restauriert und verfolgt wie ein Pate den weiteren Lebensweg dieses Wechselbalgs. Außerdem handelt er mit Ersatzteilen, die zwar wesentlich schwerer zu bekommen sind als jedes Rauschgift, dafür aber ein Vielfaches davon kosten.

Dann gibt es den Franz Pollak in Wien. Er erstarrt, wie das sonst nur in dem Kinderspiel „Figurenwerfen" vorgesehen ist, zu einer reglosen verkrümmten Gestalt, wenn ich meinen Indy über die Schwelle seiner Autowerkstatt trage. Er nennt ihn liebevoll „das Krokodil" und scheut auch nicht davor zurück, ihm mit beiden Händen beherzt ins offene Maul zu greifen. Trotzdem muss ich leider auch bei ihm geringfügige psychische Veränderungen feststellen, seit er mit dem Autistenauto in Kontakt gekommen ist.

Schließlich lebt da noch im oberösterreichischen Steyregg Doktor Manfred Brandl, Kaplan der Ortspfarre und Religionsprofessor in Linz. Er besitzt neben einem Maserati 3500 GT auch einen Indy 4.2. Er gibt nicht nur allen Maserati-Besitzern den dringend nötigen geistlichen Beistand, sondern liefert als gelernter Moraltheologe auch die moralische Rechtfertigung für den Besitz derartiger Automobile. Er hat schon so manchen Zweifler, der in einem dunklen Zustand der Depression verharrte und mit dem frivolen Gedanken spielte, seinen Maserati zu verkaufen und das Geld den Armen zu schenken, auf den rechten Weg zurückgebracht. Tag und Nacht steht er den gramgebeugten Maseratistas zur Verfügung, hat ein offenes Ohr auch für die kleinsten Sorgen und lehrt uns, die Macht des Gebetes, wenn jede Mechanikerkunst versagt, nicht zu unterschätzen. Gelegentlich wird der geistliche Herr von unkultivierten Tölpeln, die allen Ernstes meinen, er verwendete das eine oder andere Sümmchen aus der Kirchensteuer auf neue Chromspeichen, angepöbelt. Da lächelt Hochwürden gütig und verweist nicht nur auf die alte österreichische Volksweisheit, wonach infolge einer Eheschließung der Schilling nur mehr fünfzig Groschen wert wäre, sondern verkündet seine ganz persönliche Frohbotschaft, die schon Merkmale eines Dogmas aufweist. Danach wird dieser eine Schilling bei Nichtheirat zwei Schilling wert. So hat also der Zölibat aus Pater Brandl einen gut situierten Herrn gemacht.

Von Zeit zu Zeit, an hohen Maseratifeiertagen, wenn der Maseraticlub Sternfahrten und Meisterschaften veranstaltet, lässt es sich der Herr Kaplan nicht nehmen, eine der seit vielen Jahren in Österreich so beliebten Autoweihen vorzunehmen. Doch der Schein trügt: In Wirklichkeit, sagte mir Pater Brandl unter dem Siegel der Verschwiegenheit, handle es sich nicht um Autoweihen, sondern um eine Art von

Exorzismus. Er weiß natürlich um die Besessenheit dieser Maschinen, er weiß um die unwägbaren Kräfte und Ströme in den Karossen, die sich der Herr der Finsternis nur allzu gern zunutze macht. Und darum hebt auch ein Stöhnen und Ächzen an unter den Indies und Boras, wenn sie vom Weihwasser besprengt werden. Elmsfeuer springen von Ghibli zu Khamsin, von Sebring zu Kyalami, von Merak zu Mistral. Und mit Benzin- und Rhizinusgestank fährt der Teufel aus den Autos, qualmenden Kabel- oder Vergaserbrand hinterlassend. Jessasmariaundjosefgottseibeiuns.

Jetzt, da die Tage kurz und die Nächte lang sind, beginnt mein Indy seinen Winterschlaf in einem alten burgenländischen Fliegerhangar. Dort sind die hellen Mondnächte nicht ungefährlich. Werwölfe und Geisterfahrer brechen zu neuen Untaten auf. Der Indy ist zwar gut verwahrt, aufgebockt und ohne Batterie, aber Vorsicht ist geboten. Nicht um alles in der Welt gehe ich um Mitternacht allein in die Garage. Denn in der Christnacht, letztes Jahr, als groß und rot der Mond den Horizont entlangzurollen schien, bin ich am schneeverwehten Hangartor vorbeigegangen. Da hörte ich den Indy leise weinen.

Denken

Ein blühendes Mohnfeld betritt man nicht gern. Zu verletzlich, zu zart und zu vergänglich sind diese roten, nickenden Köpfe, die sich aneinanderschmiegen und das karge Land aussehen lassen, als wäre es unter einer prächtigen Decke verborgen.

Kameraleute denken da anders. Wenn es um eine spektakuläre Einstellung geht, gehen sie nicht nur durch Blumen, sondern auch durch geschlossene Türen.

Wir drehten gerade einen Film über das Waldviertel. Unser Kameramann bestand auf einer Einstellung inmitten dieser roten Pracht.

Wir suchten also den Bauern, dem das Feld gehörte, und fanden ihn in seinem kleinen dunklen Hof. Er gestattete uns den Flurfrevel. Als wir uns auf den Weg machen wollten, fragte ihn sein etwa sechsjähriger Sohn: „Papa, darf i mitgehn mit die Herrn?"

Er schien uns für sein Alter geistig etwas zurückgeblieben zu sein, nicht nur, weil er dachte, dass „das Fernsehen" etwas Besonderes wäre. Er wartete mit offenem Mund auf eine Antwort seines Vaters: „Da musst halt die Herrn fragen, obs di mitnehmen."

Also marschierten wir mit dem Josef, der das Kamerastativ tragen durfte, durch das Mohnfeld bis zu dem Punkt, an dem der Kameramann einen Schwenk über das Feld mit der Kirche im Hintergrund machte. Dann wechselte er das Objektiv und im Dunkelsack den Film. Josef durfte assistieren, was er mit großem Ernst tat. Jetzt gehörte er zum Filmteam.

Als wir in das kleine Bauernhaus zurückkehrten, um Josef seinem Vater wieder wohlbehalten zurückzubringen, herrschte der Bauer seinen kleinen Buben an:

„Wo hast denn dein Janker?"

Josef zuckte mit den Schultern.

„Wo is dein Janker, hab i di gfragt!", schrie jetzt der Vater.

Josef begann zu weinen. Dann sagte er: „I moa, i hab eahm draust auf'm Feld vergessen."

„Vergessen hast eahm, vergessen? Da muaßt halt a wenig denga. Denga!"

Josef sah mit nassen Augen durch die kleinen Fenster in die untergehende Sonne. Er spürte die Last auf seinem jungen Leben. Eine Last, die mit den Jahren immer schwerer werden würde. Dann seufzte er: „Allweil denga, allweil denga!"

Eine Ansichtskarte

Der Bahnhof ist ein guter Platz, um zu verweilen. Nicht unbedingt, wenn man verreisen will, sondern wenn man gerne verreisen würde, aber dazu nicht in der Lage ist. Nicht unbedingt, wenn man ankommt, sondern wenn man die Ankunft eines Menschen ersehnt, von dem man weiß, dass er nicht ankommen wird.

Der Bahnhof ist also ein Ort der Verheißung. Ein Platz, an dem sich das Leben völlig verändern und an dem die Flucht mit „einmal zweite Klasse einfach" Wirklichkeit werden kann. Die Schienen liegen ja schon da. Fest verschraubt an den Schwellen führen sie hinaus aus dem Bahnhof bis in die verlassensten Dörfer.

Wir haben schon lange den Sinn für die besondere Weihe eines Bahnhofs verloren. Trotzdem ist er noch immer für viele ein Ort der glücklichen Begegnung, des zufälligen Zusammentreffens, des Kennenlernens und natürlich auch des Abschieds. Wer einmal, solange es ihn noch gab, nach Feierabend oder an Wochenenden den Wiener Südbahnhof aufgesucht hat, kann verstehen, was ich meine.

Hunderte Gastarbeiter versammelten sich in der großen kahlen Halle und nahmen schwatzend, rauchend und kaffeetrinkend diesen Brückenkopf ihrer Heimat in Besitz. Hier waren sie ihr am nächsten. Von Zeit zu Zeit verließen Züge in Richtung Balkan die

Bahnsteige und ebenso oft fuhren welche aus derselben Richtung ein. An ihnen klebt noch der Staub aus Istanbul, Beograd und Zagreb. Mit ihnen kamen Freunde und Verwandte und erzählten den neuesten Tratsch von zu Hause. So bildeten die Schienenstränge eine gewaltige, eiserne Nabelschnur, die die Heimat mit ihren Kindern verband. Und die Kinder warteten in der kalten, zugigen Halle dicht aneinandergedrängt auf den ersehnten Tag ihrer Abreise. Das gab dem Wiener Südbahnhof eine gewisse Würde. Er glich einer riesigen Moschee des Heimwehs.

Auf dem Bahnhof von Attnang-Puchheim sitzen dagegen vor allem Leute, die umsteigen müssen. Wie zum Beispiel mein Freund, der Maler Josef Mikl, und ich. Wir kamen aus Gmunden und warteten auf einen Zug, der uns nach Wien bringen sollte.

Wir sprachen über die große Bedeutung von Bahnreisen für die charakterliche Entwicklung des Menschen und waren einer Meinung. Die Eisenbahn spielte in der Jugend Josefs eine genauso wichtige Rolle wie in der meinen, und wir teilten auch eine Sehnsucht, die wir beide aus unserer Kindheit ins Mannesalter mitnehmen hatten müssen: die Reisebekanntschaft mit jener unbeschreiblich schönen, aufregenden, ebenso keuschen wie verführerischen, verbindlichen und doch distanzierten, gescheiten, aber hingebungsvollen, ernsten und doch lächelnden Dame, die seit der Pubertät in unserer Phantasie eine ganz flüchtige und doch deutliche Gestalt angenommen hatte und deren

Inkarnation wir teils bewusst, meist aber unbewusst irgendwann in unserem Leben einmal zu begegnen hofften.

In Wirklichkeit war es natürlich ein großes Glück, dass wir ihr noch nie begegnet waren. Denn wir hätten Frau und Kind, Haus und Hof verlassen, um ihr auf Gedeih und Verderb mit Haut und Haaren zu verfallen.

Es war ohne Zweifel kein Zufall, dass Leonardo da Vinci für seine Mona Lisa kein Modell hatte. Er versuchte seine Sehnsucht, sein Glück oder vielleicht sein Unglück zu malen, dem er nachlief, und sogar ein so großer Mann wie er war nicht dazu in der Lage. In dem Augenblick, in dem er versuchte, seinen Traum von der idealen Frau mit dem Pinsel an der Flucht zu hindern, geriet das Antlitz der Schönen in eine allzu irdische Dimension. Jahrelang schleppte er das Bild auf allen seinen Reisen mit sich, um es im geeigneten Moment zu vollenden. Wenn er noch lebte, würde er wohl noch weitermalen an diesem Bild – ewig.

Das ist die wirkliche Katastrophe des Sisyphos: dass er als Mensch nicht die Kraft hat, seine Ahnung vom Göttlichen zu manifestieren. Aber schon die Jagd nach einer Chimäre kann zur Ekstase werden. Und vielleicht ist die unerfüllte Sehnsucht der Beweis dafür, dass wir leben.

Zweifellos träumten wir, Josef und ich, von einer Art Donauweibchen oder Loreley, von einer Sirene, die uns wie Odysseus Vergangenheit und Verantwortung in Wollust vergessen lassen würde, auf dass wir Eingang bei ihr fänden.

Dann donnerte der D 2236 auf Gleis 3 in den Bahnhof und wir mussten ein großes Stück vorwärts laufen, um ein Abteil in der Nähe des Speisewagens zu finden. Im vorletzten Abteil saß SIE und las in einem Buch.

Es gab keinen Zweifel: SIE war es. Ich konnte sie mit meinen Augen nicht erkennen, denn ich wusste ja gar nicht, wie sie aussah, diese Gestalt meiner an Nuancen so reichen Phantasie, aber ich spürte, dass sie es war. Die Symbole und Bilder meiner Träume ratterten durch meinen Kopf wie durch eine Slot machine. Jackpot!

Ich drehte mich nach meinem Freund um, der durch die Türe ins Abteil sah.

„Ist hier noch frei?", fragte er und starrte SIE an wie einen Geist.

„Bitte", sagte sie leise, ohne aufzuschauen.

Sie saß am Fenster und wir setzten uns zur Tür. Ich konnte nicht reden. Ich versuchte, „guten Abend" zu sagen, aber ich sagte stattdessen: „Gatenband."

„Guten Abend", sagte Josef.

„Guten Abend", sagte sie und las weiter.

Als ich Josef ins Gesicht sah, wusste ich, dass meine Dame auch die seine war.

„Jetzt wird's endlich Frühling", sagte Mikl und lächelte die Schöne dümmlich an. Aber sie antwortete ihm nicht – Gott sei Dank!

Ich war ratlos. „Josef", flüsterte ich, „das ist meine Traumfrau – du weißt ja …"

„Meine auch", flüsterte er zurück.

Ich glaubte ihm nicht. Ich verdächtigte ihn, dass er nur anbandeln wollte wie mit irgendeiner. Wie konnte man mit einer Göttin über das Wetter reden? Vielleicht wollte er sie mir ausspannen? Aber ich besaß sie ja gar nicht. Noch nicht. Ich bedeutete Mikl, still zu sein.

In diesem Moment begann er, um sie auf sich aufmerksam zu machen, mit drei Miniaturschnapsflaschen zu jonglieren.

Als sie endlich aufsah, machte ich eine verlegene Hand-Schulter-Kopf-Bewegung, um mich für das grob-infantile Verhalten meines Reisebegleiters zu entschuldigen. Aber sie reagierte auch darauf nicht.

Jetzt begann ich mich darauf einzustellen, den Seriösen zu spielen, den Mann, der souverän über den Dingen steht und schweigt. Aber das war nicht sehr wirksam gegen einen Gegner, gegen einen Nebenbuhler, der in der Zwischenzeit damit begonnen hatte, Gedichte aufzusagen. Falsch und lückenhaft übrigens.

Es war für mich also höchste Zeit, etwas zu unternehmen, um mich bemerkbar zu machen. Aber was sollte ich tun? Was konnte ich? Ich konnte einen Handstand! Aber sollte ich hier einen Handstand versuchen? Womöglich misslänge er. Ich könnte zwischen den Gepäcksnetzen Klimmzüge mit angewinkelten Beinen machen – das würde von meiner Kraft und meinem durchtrainierten Körper künden. Aber wahrscheinlich würde sie das albern finden.

Außerdem musste ich schon dringend auf die Toilette. Das kam aber natürlich nicht in Frage, ich konnte doch Josef unmöglich mit ihr alleine lassen. Er würde aufs Ganze gehen. Schließlich hatte er schon acht Miniaturen ausgetrunken.

Das war auch der Grund dafür, dass er zu einem besonders unfairen Mittel griff, um mich vollends aus dem Feld zu schlagen: Er holte einen Skizzenblock heraus und sagte: „Madame, ich bin Maler. Ich werde Sie jetzt porträtieren!"

Das war ein harter Schlag für mich. Er war zwar abstrakter Maler, aber er konnte besonders gut zeichnen, dachte ich, und es gibt wahrscheinlich keine Frau von Format, die sich nicht zur Kunst hingezogen fühlt.

Mit schnellen, konsequenten Strichen begann Mikl zu zeichnen. Sie hatte ganz helle Augen, die wahrscheinlich deshalb so strahlten, weil sie sich über uns lustig machte. Sie war zwischen zwanzig und vierzig Jahre alt (ich kann es wirklich nicht genauer schätzen), hatte braunes Haar, das modisch toupiert war, und war sehr sorgfältig, aber unauffällig geschminkt. Am Handgelenk hatte sie eine Jaeger-LeCoultre, am Ringfinger keinen Ehering, die weißgoldenen Ohrclips hatte sie abgenommen und auf das Klapptischchen beim Fenster gelegt. Sie trug ein Kostüm, das zwar von einer offensichtlich langen Reise schon etwas zerknittert war, aber die teure Maßarbeit noch gut erkennen ließ. Ihre naturfarbene Seidenbluse war gerade so durchsichtig, dass ich annehmen musste, dass sie keinen Büstenhalter trug. An ihren langen, besonders hübschen Beinen trug sie Schuhe, die zu ihrer Tasche passten. Sie wusste, dass sie auf Männer wirkte, und sie schien es doch ein wenig zu genießen, gezeichnet zu werden.

Jetzt musste ich handeln. Ich musste mit ihr ins Gespräch kommen. Ich begann also zu reden. Ich benützte meinen Freund Josef als Relais-Station und erzählte die Geschichte meines Schulfreundes Pepi Mitterböck, die Mikl schon mehrmals gehört hatte. Aber er konnte sich jetzt, da er sich aufs Zeichnen konzentrieren musste, nicht dagegen wehren.

„Ja, die Eisenbahn, das ist eine Weltanschauung", begann ich und sah aus den Augenwinkeln, dass sie in ihrem Buch weiterlas. Ich fuhr trotzdem fort:

Der Pepi Mitterböck saß im Klostergymnasium neben mir in der Schulbank. Ich war im Internat und er war ein Fahrschüler. Er wohnte am Eisenbahnknotenpunkt Selzthal und fuhr jeden Tag dreißig Kilometer mit der Eisenbahn in die Schule und wieder zurück.

Mitterböcks Vater war Lokomotivführer. Auf einer Dampflok, versteht sich. Der Sohn, der sollte aber einmal etwas Besseres werden. Fahrdienstleiter. Das war für Mitterböck senior das Traumziel einer Eisenbahnerkarriere. Die rote Kappe wäre die Kaiserkrone der Dynastie Mitterböck, die Pelerine der Krönungsmantel und der Signalstab das Zepter.

Also besuchte Josef Mitterböck die Mittelschule, was vor allem für mich unglaubliche Vorteile hatte. Der Mitterböck hatte die größten Jausenbrote, die mir in meiner langen, nicht enden wollenden Schulzeit untergekommen sind. Sie waren mit ruhiger, aber fester Hand von einem gewaltigen Brotlaib abgeschnitten. Die beiden Brotscheiben passten exakt aufeinander, wie sich das für Schulbrote mit gehobenem Standard gehört, und wurden zu den Enden hin, wo ja mit dem ersten Biss begonnen wurde, immer dünner und durchsichtiger, bis sie schließlich zart wie Hostien ausgefranst im Nichts endeten. Trotzdem waren sie vom ersten bis zum letzten Millimeter mit Schmalz bestrichen, das an den dünnen Stellen des Brotes durch die Poren drang. Von diesen Broten wurde mir immer die Hälfte zuteil, sodass ich schon aus diesen Gründen meinem Schulfreund Mitterböck ein ehrendes Andenken bewahren werde.

Einmal im Jahr, meist im Juni, erschien der Lokführer Mitterböck in unserer Schule. Er trug einen grauen Anzug, graue Schuhe, ein graues Polohemd aus Kunstseide und war nass frisiert, wenn er die Direktion betrat, um sich nach den Schulerfolgen seines Sohnes zu erkundigen. Er bekam dort immer dasselbe zu hören: Der Bub sei recht brav, werde am Schulschluss auch recht gute Noten bekommen – aber sie könnten natürlich besser sein. Das war die stehende Wendung unseres Direktors. Im Großen und Ganzen aber gäbe es keinen Grund zur Klage.

Nach dieser Auskunft kam der Lokführer Mitterböck ins Klassenzimmer, gab seinem Sohn links und rechts eine Ohrfeige und fuhr wieder in den Dienst.

Trotzdem erfüllte der Josef Mitterböck den sehnlichsten Wunsch seines Vaters und wurde Fahrdienstleiter. Vier Jahre nach der Matura trat er seinen Dienst in Selzthal an und der Lokführer Mitterböck ließ immer ein zweifaches Pfeifsignal ertönen, wenn er stolz an seinem Sohn vorbeifuhr, der in vollem Ornat auf dem Bahnsteig stand.

Am Ostermontag des Jahres 1958 entgleiste der Lokführer Mitterböck. Ein Stellwerk war falsch gestellt, die Lok sprang aus dem Gleis, rollte noch kurz weiter und vergrub sich dann im Oberbau. Mitterböck kletterte aus dem Führerstand und schrie einen Streckenwärter an: „Welches rotkapplerte Arschloch hat denn heute Dienst!"

„Ihr Sohn, Herr Mitterböck", sagte der Streckenwärter.

Daraufhin lief der Lokführer über die Gleise in den Bahnhof, zerrte seinen Sohn aus dem Stellwerk und gab ihm am Bahnsteig 1, gerade als der Eilzug E 33228 aus Amstetten einfuhr, links und rechts eine Ohrfeige.

Pepi Mitterböck kündigte, studierte Jus und wurde Rechtsanwalt. „Wo kommen wir denn schließlich hin", sagte er, „wenn die Lokführer die Fahrdienstleiter ohrfeigen."

Während ich diese Geschichte erzählte, vollendete Mikl pfeifend seine Zeichnung, um zu zeigen, dass er mir nicht zugehört hatte. Sie wagte ich gar nicht direkt anzusehen. Im Wandspiegel sah ich, dass sie beim Fenster hinausblickte.

Mikl riss die Zeichnung vom Block, weigerte sich, sie mir zu zeigen, und überreichte sie ihr mit den Worten: „Ich habe das Blatt signiert."

Sie nahm das Blatt, faltete es, ohne es anzusehen, und steckte es zwischen die Seiten ihres Buches.

Diese Demütigung vergönnte ich ihm. Was gibt es Schrecklicheres für einen Maler, als ein Porträt zu malen, das die Porträtierte gar nicht sehen will. Wenn nicht einmal die Neugier, diese ordinäre Vorläuferin des Interesses, imstande ist, dem Künstler Aufmerksamkeit zu verschaffen, dann ist wohl die Zeit zur Resignation gekommen.

Aber Mikl gab nicht auf. Jetzt holte er eine alte Zeitung aus seiner Reisetasche und begann, ein Kreuzworträtsel aufzulösen. Er las laut die Fragen und ich gab falsche Antworten in der Hoffnung, dass sie mich ausbessern würde.

Also: „Papageienart mit drei Buchstaben?" – „Aro." Jetzt, dachte ich, müsste sie „Nein, Ara!" sagen. Aber sie ignorierte uns. Wir spielten das Spiel noch eine Zeitlang weiter in der Hoffnung, dass sie vielleicht doch noch lächeln würde, dass sie uns wenigstens auslächeln würde.

„Asiatische Währung?" – „Yon."

„Englisches Bier?" – „Ole."

„Japanisches Brettspiel?" – „Nu."

„Blutsaugender Wurm?" – „Igel."

Als wir den Bahnhof St. Pölten passierten, stand sie plötzlich auf und versuchte, ihre Kostümjacke, die in der Ecke etwas verdrückt worden war, zu glätten.

„Ja, ja", sagte ich zu Josef, „auf langen Eisenbahnreisen müsste es einen eigenen Bügelwaggon geben. Das erinnert mich an die Londonreise des alten Medizinalrates Mayerhofer …"

Diese Geschichte hatte mir Josef erzählt. Er hatte sie von seinem Arzt, dem Sohn des alten Medizinal-

rates Mayerhofer. Unverschämt begann ich, mit be-
deutungsvollen Seitenblicken auf sie, Josef die Geschichte zurückzuerzählen:

Der alte Medizinalrat Mayerhofer war nicht nur der
bestangezogene Arzt Österreichs in der Ersten Republik, sondern die eleganteste Erscheinung seiner Zeit
überhaupt. Er besaß dreißig Paar Maßschuhe von
Nagy und mindestens ebenso viele Paar Maßhand-
schuhe von Silhavy. Hemden und Unterwäsche waren
selbstverständlich auch Maßarbeit, am liebsten hätte
er sich auch die Krawatten maßschneidern lassen. Die
Anzüge bestellte er ausnahmslos bei Knize. Durchschnittlich einen pro Monat.
    Im September 1928 bekam der alte Medizinalrat
Mayerhofer eine Einladung zu einem Internistenkon-
gress nach London. Die englischen Schneider, wusste der Medizinalrat, waren schließlich weltberühmt,
und mit diesem Hintergedanken unternahm er die an-
strengende dreitägige Eisenbahnreise nach London.
Er schwänzte gleich den ersten Vortrag über Koronar-
erkrankungen und eilte stehenden Fußes zu Ogilvy &
Son, dem besten und teuersten Herrenschneider des
britischen Commonwealth.
    Alleine das Maßnehmen dauerte einen guten Vor-
mittag. Mister Ogilvy persönlich wog den Medizinalrat auf der hauseigenen Kundenwaage in „stones" und
„pounds" auf. Die Kenntnis des Körpergewichts war
wichtig für den Zuschneider – die Körpermaße alleine waren bisweilen irreführend. Nach einem erstklas-

sigen Lunch, den er mit Mister Ogilvy persönlich in Bentleys Oyster Bar einnahm, verbrachte man gutgelaunt (es hatte frische Colchester-Austern mit reichlich Chablis gegeben) den Nachmittag mit dem Aussuchen des passenden Stoffes. Nach vielem Für und Wider, nach unzähligem Wenn und Aber einigte man sich schließlich auf ein federleichtes Kaschmirgewebe in „coxwell blue" mit zartem Nadelstreif. Dieser Stoff war besonders schwierig zu verarbeiten und erforderte ein handwerkliches Geschick, wie es nur die jahrhundertelange Tradition des Empires aufzubieten imstande war.

Das größte Problem war der Liefertermin. Der Medizinalrat wollte seinen Anzug unbedingt nach Wien mitnehmen, um ihn sofort seinem Schneider Knize vorführen zu können. Dieses Ansinnen lehnte Mister Ogilvy höflich, aber kategorisch ab: „Wir sind keine Chinesen, Sir."

Nach zehn Tagen lieferte ein livrierter Bote den Anzug ins Savoy. Schweren Herzens packte ihn der Medizinalrat in seinen Koffer. Jede Falte, die er ihm zufügen musste, schmerzte ihn. Reservestoff und Knöpfe steckte er in seine Aktenmappe. Dann fuhr er zum Bahnhof und betrat seinen Schlafwagen.

Als der Zug in Österreich den Bahnhof von St. Pölten passierte, servierte der Schlafwagenschaffner das Frühstück. Der Medizinalrat hatte während der Fahrt seinen neuen Anzug ausprobiert und ihn im Spiegel des aufgeklappten Waschtisches bestaunt. Er war ein Meisterwerk. Am liebsten hätte er ihn anbehalten und wäre vom Bahnhof sofort zum Knize gefahren. Aber das ging nicht. Der Anzug war total verdrückt.

Der Schlafwagenschaffner wusste Abhilfe: „Ich habe in meinem Coupé ein Bügeleisen, Herr Medizinalrat", sagte er.

Während der Anzug gebügelt wurde, stand Mayerhofer in eine Decke von „Waggon-Lits" gehüllt am Fenster und freute sich auf das Gesicht des Herrenschneiders Knize, wenn er dieses Stück sehen würde.

Ab Purkersdorf sah der Medizinalrat schon im tadellos gebügelten Anzug aus dem Fenster. Am Westbahnhof nahm er sich ein Taxi und fuhr in die Stadt.

Als er das Geschäft betrat, war Herr Knize gerade dabei, Krawatten auszusortieren. Mayerhofer warf seinen Koffer in die Ecke und seinen Staubmantel hinterdrein.

„Guten Morgen, Herr Knize", sagte er und drehte sich wie ein Dressman vor dem Nobelschneider. „Na, was sagen Sie zu diesem Anzug."

„Schönen guten Morgen", antwortete Knize. „Gestatten Sie, dass ich meinen Zuschneider bitte, diese Arbeit zu beurteilen?"

„Ja gern", sagte Mayerhofer.

„Novotny", rief Knize in den ersten Stock, „kommen Sie und schaun S' Ihnen den Anzug vom Herrn Medizinalrat an!"

Novotny, ein begnadeter Schneider aus Aussig, kam über die hölzerne Freitreppe ins Geschäft, Brille auf der Nasenspitze, Maßband um den Hals. Er grüßte kurz und wandte sich sofort fasziniert dem Anzug zu.

Er besah sich den Medizinalrat von allen Seiten, umkreiste ihn und murmelte seine Kommentare vor sich
hin: „No – Ärmel sinds sehr gutt eingesetzt. Revers
liegen auch gut. Kragen sitzt gutt auf Gnack. Knopf-
lecher – so bitte, sehr schen …"

Dann schloss er die Augen und ließ seine zarten
Handflächen, wie sie nur Neugeborene und böhmi-
sche Schneider besitzen, über die Nähte gleiten, nickte
beifällig, schlug die Augen auf und sagte zum Medizinalrat: „Schön, sehr schön … selba gmacht?"

Triumphierend schaute ich in die Runde. Mikl tat mir
sogar den Gefallen und lachte. Der gemeinsame Kampf
um die Gunst der schönen Dame hatte uns wieder
vereint. Aber es nützte nichts. Sie zeigte zwar den
Ansatz eines Lächelns, aber wir waren immer noch
weit davon entfernt, ihre Bekanntschaft zu machen.

Als ich Josef ansah, erschrak ich. Er hatte plötzlich einen fremden, abwesenden Gesichtsausdruck. Er
schien zum Äußersten entschlossen zu sein. Wortlos
holte er aus seiner Tasche eine Ansichtskarte hervor.
Eine Farbfotografie, 21 Zentimeter mal 10 Zentimeter
groß, hochglänzend. Darauf waren einige Schwäne zu
sehen, die auf dem Traunsee dahinzogen. Die Karte
war frankiert und adressiert an Franziska Mikl, sonst
war sie unbeschrieben.

Josef hatte seiner Frau schreiben wollen, es dann
aber doch nicht getan. Was hätte er schreiben sollen?
„Ich freue mich auf ein Wiedersehen"? Das stimmte
nicht. Im Gegenteil. Er fürchtete sich vor dem Wie-

dersehen. Es würde mit Vorwürfen beginnen: „Statt
dich um mich und die Kinder zu kümmern, fährst du
an den Traunsee … malen! Du könntest uns ja einmal mitnehmen, wir hindern dich ja nicht am Malen!"

Seit Josef verheiratet war und zwei Kinder hatte,
war Franziska eifersüchtig auf seine Freunde, auf seine
Arbeit und auf jeden seiner noch so bescheidenen
Erfolge. Ja, sogar auf seine Probleme. Wenn er nicht
mehr weiter konnte mit seiner Malerei, wenn er an-
statt zu malen nur grundierte, wenn er sich vor dem
ersten Strich, vor der ersten Farbe fürchtete, wenn er
einen Beweis für seine Überzeugung, begabt zu sein,
suchte, kurzum, wenn er verzweifelt war, konfron-
tierte sie ihn mit ihrem Unglück, eine Frau zu sein –
eine verheiratete, noch dazu mit Kindern.

„Aber es war doch ihr freier Wille", sagte ich oft zu
Josef, „zu heiraten und Kinder zu haben."

„Nein", warf er ein, „eine Frau hat keinen freien
Willen. Sie muss heiraten und Kinder kriegen. Auch
wenn es ihr Unglück ist. So wie die Meeresschildkröten
unter Lebensgefahr an den Strand kriechen müssen
und dort ihre Eier vergraben, oder wie die Lachse
stromaufwärts ziehen, um zu laichen. Glaube mir, sie
können nicht anders. Sie stehen unter Zwang. Erst
wenn sie abgelaicht haben, wird ihnen bewusst, auf
was sie sich da eingelassen haben. Dann beginnt der
Vergeltungsschlag gegen uns Männchen, die an dem
ganzen Unglück schuld sind."

Franziska dachte nicht an Vergeltung, aber sie ver-
schenkte gelegentlich ein Bild, das Josef gemalt hatte,

ohne zu fragen. Für sie waren es auch ihre Bilder. Sie konnte nicht verstehen, dass sie nur ihm gehören sollten. Als er ihr das klar machte, begann sie selbst zu malen und schickte ihm die Kinder zur Beaufsichtigung ins Atelier. Sie benutzte seine Farben, seine Leinwand, seinen Namen und malte so wie er. Oder versuchte es wenigstens.

Was also hätte er auf diese Ansichtskarte schreiben sollen? Mikl hielt sie mit beiden Händen unserer schönen Dame vor die Augen.

Jetzt, das war mir klar, holte er zu seinem letzten großen Schlag aus. Sie blickte auf und beobachtete Josef amüsiert. Er riss mit der seifigen Eleganz eines Zauberers die Karte in der Mitte entzwei und begann den unbeschriebenen Teil zu essen. Mit weit aufgerissenen Augen starrte er ins Leere und kaute verbissen an mindestens drei harten, glänzenden Schwänen. Er zerbiss auch gleichzeitig alle Gedanken, die er auf dieser Ansichtskarte an Franziska niederzuschreiben unterlassen hatte. Er würgte an diesem ungeschriebenen Text wie ein ertappter Spion, der das Dossier, das ihn überführen könnte, verschlingt.

Die Dame beobachtete die Vorführung meines Freundes mit Interesse. Dann richtete sie sich in ihrem Fauteuil auf, streckte ihre linke Hand aus und nahm mit ihren schönen schlanken Fingern die zweite Hälfte der Ansichtskarte. Dann begann sie ihre Hälfte mit kleinen Bissen zu essen. Zuerst durchbiss sie die Karte an der Ecke, wo eine 2- und eine 1-Schilling-Marke aufgeklebt waren. Jetzt erst konnte man ihre schönen Zähne sehen. Sie zerkaute das Stück und biss gleich wieder zweimal ab. Auf diese Weise hatte sie schon die halbe Adresse, die mit Tinte geschrieben worden war, abgebissen. Den Rest zerriss sie in kleine Stücke, die sie einzeln wie Kartoffelchips im Handumdrehen aufaß.

In diesem Augenblick fuhr unser Zug in den Westbahnhof ein. Die Dame stand auf, überprüfte ihr Aussehen kurz im Spiegel der Puderdose und zog sich die Lippen etwas nach.

„Adieu", sagte sie, lächelte und verließ das Abteil.

Als wir zum Fenster stürzten, um zu sehen, wohin wir ihr folgen könnten, winkten uns Franziska und die Kinder vom Perron aus zu.

Humor

Man weiß ja noch immer nicht genau, was den österreichischen Humor ausmacht, wenn es ihn überhaupt gibt. Die Versuchung ist groß, die vielzitierte österreichische Seele und damit auch ihren Humor an ihrem deutschen Pendant zu messen. Aber das ist ungerecht. Für beide Seelen.

Ich hatte einmal die große Ehre, bei einem bedeutenden deutschen Verleger eingeladen zu sein. Das heißt, ich war eigentlich nicht eingeladen, sondern wurde vom Ehepaar Schenk, das dafür bekannt ist, bei Gastgebern, die es nicht kennt, ein oder zwei Vertraute im Schlepptau zu haben, mitgenommen. Falls der Abend fad werde, so lautet wohl ihr Kalkül, hat man zur Not Menschen dabei, mit denen man reden kann. Eine Art Unterhaltungsproviant.

Beim Verleger war alles sehr gediegen: Die Gäste waren gediegen, die Möbel waren gediegen, der Partyservice war gediegen. Aber es war fad.

Man erwartete sich wohl von „Otti" Schenk einige „Faxen". Aber der war dazu nicht aufgelegt und rief stattdessen mir zu: „Geh, Teddy, erzähl doch die Geschichte mit dem Kleiber."

Die gediegenen Gäste, enttäuscht, mit der zweiten Besetzung vorlieb nehmen zu müssen, gaben mit hochgezogenen Augenbrauen ihr Zeichen zum Einsatz. Also begann ich:

Als ich einmal vor dem Schenk'schen Haus am Irrsee auf der Bank saß, kam über die frisch gemähte Wiese Carlos Kleiber auf mich zu. Er hatte am Vortag seine Saunaschlapfen vergessen, die wollte er jetzt holen.

Ich stand auf, um artig zu grüßen, aber er ging ungehalten an mir vorbei. Offensichtlich war ich ihm unsympathisch. Obwohl ihm eigentlich Leute, die er nicht kannte, lieber waren als die, die er kannte.

Im Haus zischte Renée Schenk auf ihn ein, mich doch zu beachten. Schließlich wäre ich Generalintendant des ORF. Diese Mitteilung verstörte ihn jedoch nur noch mehr. Er weigerte sich, mir auch nur die kleinste Form von Aufmerksamkeit zu schenken. Aber seine Weigerung hielt nicht lange. Renée setzte sich durch und Kleiber nahm grußlos an meiner Seite Platz.

Wir saßen schweigend eine Weile nebeneinander, dann sagte er, dass er sehr ungern arbeite.

Ich meinte, dass ich ihn gut verstehen könnte, mir ginge es ähnlich.

„Warum sind Sie dann so ein Bonze geworden?", fragte er.

„Warum sind Sie Generalmusikdirektor in München?"

„Das ist einfach erklärt", sagte er: „Damit ich meinen Parkplatz nicht verliere."

Auf diesem Niveau begann unser Gespräch immer interessanter zu werden. Plötzlich sagte er: „Jetzt muss ich Sie prüfen, ob Sie musikalisch sind!"

„Um Gottes Willen", sagte ich, „wie sollte ich Ihren Ansprüchen genügen?"

„Meine Lieblingsmelodie ist das Lied vom Hustinetten-Bär aus dem Werbefernsehen, können Sie das singen?"

„Ich glaube schon", sagte ich, „ aber nur, wenn Sie dirigieren."

Wir erhoben uns beide. Er gab den Einsatz.

„Nimm den Husten nicht so schwer, jetzt kommt der Hustinetten-Bär, nimm den Husten nicht so schwer, jetzt kommt der Hustinetten-Bär – Huuuu-uuuustinetten."

Kleiber umarmte mich und wir verbrachten die folgenden Stunden im Wirtshaus. Ich habe dort viel über die Musik und das Musizieren gelernt.

Zurück in Wien hatte ich das große Glück, mit Edita Gruberova auf einen Kaffee zu gehen.

„Nächste Woche fahre ich nach New York. Ich hab schon so die Hosen voll. Ich singe dort ‚La Traviata'."

„Aber das kann doch für dich kein Problem sein", lachte ich.

„Nein, nein, aber der Dirigent! Dieser Carlos Kleiber, der soll so schwierig sein. Ich kenn ihn noch nicht."

„Aber ich", sagte ich triumphierend. „Wenn du auf die erste Probe kommst, dann gehst du zu ihm, sagst einen schönen Gruß von mir und ein Wort: Hustinetten-Bär."

„Na was ist das wieder für ein Blödsinn!"

„Das ist kein Blödsinn – das ist ein Zauberwort."

Die Gruberova schrieb also in großen Lettern „HUSTINETTEN-BÄR" in ihr Notizbuch und flog nach New York.

Zwei Wochen später las ich in einer Zeitung: „Edita Gruberova nach einem Streit mit der MET-Direktion aus New York abgereist. Oje, dachte ich, da ist irgendetwas mit dem Hustinetten-Bär falsch gelaufen.

Aber nach weiteren zwei Tagen stand im Kleingedruckten: „Carlos Kleiber ist aus Solidarität mit Edita Gruberova auch abgereist."

Als ich mit meiner Geschichte fertig war, wurde viel gelacht. Die Stimmung unter den gediegenen Gästen wurde zusehends lockerer. Es traf mich zwar der eine oder andere skeptische Blick, aber im Großen und Ganzen machte sich eine gewisse Heiterkeit breit.

Nur der bedeutende deutsche Verleger, der sich die Geschichte besonders aufmerksam angehört hatte, nahm mich zur Seite und fragte: „Sagen Sie, dieser Kleiber – hatte der eigentlich Humor?"

Hi-Jagging –
Geschichte einer Geiselnahme

Ein Bratschist des London Philharmonic Orchestra veränderte vor 25 Jahren mein damals schon etwas behäbig gewordenes Leben. Eine in Wien und Nieder-österreich missionierende MG-Sekte hatte Paul Appleyard entdeckt und ihn sofort als Hohepriester eingesetzt.

Zu Recht: Er spielte nicht nur virtuos die Viola d'amore, sondern war auch ein Kenner klassischer britischer Automobile, die er nicht nur bewunderte und einzuschätzen vermochte, sondern die er auch gegen angemessene Geldsummen in England besorgte. Und zu jeder Jahreszeit, bei jedem Wetter persönlich nach Österreich überstellte. Ein Bote aus dem Jenseits also, ein Gesandter des Paradieses, der die überirdische Gabe besaß, vollends verrottete Autos – meist MGs auserwählter Gläubiger, deren Ersparnisse er schon im Voraus kassiert hatte – mit eigener Motorkraft aus dem fernen Inselreich nach Großram zu bringen.

Ich lernte Appleyard an einem Novemberabend des Jahres 1985 kennen. Einige MG-Priester hatten mein Treffen mit ihm arrangiert, nachdem sie erfahren hatten, dass ich mich für einen Jaguar XK 150 S interessierte. Ein Auto, das in unseren Breiten in keinem wie immer gearteten Zustand aufzutreiben war.

Begleitet von einigen Jüngern und frommen Frauen, die sich kreischend über die Vorteile der Rechtslenkung unterhielten, betrat Appleyard also mein Stammlokal, das Gutruf. Er sah aus wie ein Arbeitsloser aus Birmingham. Seine Glatze ließ ihn wesentlich älter erscheinen, als er tatsächlich war. Sein Gesicht erinnerte an den liebenswürdigen Heuschreck-Freund der Biene Maja. Seine schmächtige Gestalt war umhüllt von einer zerschlissenen Donkeyjacke, wie sie auch bei uns gerne getragen worden war – allerdings in den Sechzigerjahren.

„Seavas", sagte er in tadellosem Wienerisch und verriet damit sofort das Geheimnis seines großen Erfolges bei seiner Gefolgschaft: Er sprach fließend Deutsch. Ein Ausländer, noch dazu ein Brite, der Deutsch spricht, versetzt den minder gebildeten Wiener in einen Rausch vertrauensseliger Sympathie. Er hatte daher auch mein Herz sofort erobert.

„Für 150.000 Schilling bringe ich dir einen tadellosen XK 150 S", bot er mir an. Damit nahm das Schicksal seinen Lauf.

Am 12. Jänner des Jahres 1986 erwartete ich Paul an der Autobahnraststätte Großram. Da er nicht nur mein Auto mitbrachte, sondern gleichzeitig auch viele Ersatzteile für andere Mitbrüder, veranstaltete die Sekte einen Gottesdienst im Selbstbedienungsrestaurant, in dessen Verlauf dem Ritus entsprechend Appleyard zwei Wiener Schnitzel verspeisen musste.

Nach dem Essen wurde der Jaguar in Augenschein genommen. Ich sah ihn und war verzweifelt. Es war mir rätselhaft, wie Appleyard mit diesem Wrack von London nach Wien fahren hatte können. Ohne Panne.

Als Paul meinen Jammer bemerkte, begann er Englisch mit mir zu sprechen: „The doors and the windows need some attention", meinte er.

In dieser Stunde der tiefen Trauer näherte sich mein Geiselnehmer. „Des is net so arg", sagte er, „in zwa, drei Monat ist der wie nei."

Er verwies auf einige Musterarbeiten, die er schon für die Sekte geleistet hatte, und versuchte, mir mit einigen optimistischen Kostenvoranschlägen die Trauerarbeit zu erleichtern. Er besaß eine Werkstätte in einem Wiener Vorort. Dorthin sollte ich das Auto bringen, und im Sommer schon würde ich die Welt aus dem Jaguarcockpit und damit fröhlich sehen.

Binnen weniger Tage hatte er das Auto total zerlegt und den Motor an einen mir unbekannten Ort verbracht. Jetzt war der Gegenstand meiner Sehnsucht endgültig in den Händen meines Geiselnehmers.

Als ich ihn das nächste Mal besuchte, sagte er: „Am besten, Sie haun des alles weg", und sah mich mit seinen eisgrauen Augen erbarmungslos an.

Seine Frau, die sich diesen ersten massiven Einschüchterungsversuch nicht entgehen lassen wollte, eilte aus dem Büro herbei, um zu nicken. Kein Zweifel, hier hatte ich es mit einem Erpresserduo zu tun. Bonnie und Clyde in der Vorstadt. Die Mechaniker, die solche Szenen am Beginn einer Restaurierung offensichtlich gewohnt waren, stiegen mit unbewegten Gesichtern über die Trümmer meines Autos, die am Boden verstreut waren.

„Aber der Wagen ist doch von England bis hierher gefahren", warf ich mit zittriger Stimme ein, „das muss doch alles zu reparieren sein."

„Des Chassis", sagte Clyde verächtlich, indem er die Stimme hob und die Mechaniker antworteten unisono wie ein antiker Chor:

„A Wahnsinn!"

„Des Vurdergstell."

„A Wahnsinn!"

„De Hinterachs."

„A Wahnsinn!"

„Des Getriebe."

„A Wahnsinn!"

„Des Kastl."

„A Wahnsinn!"

Als ich Hals über Kopf aus der Werkstatt stürzte, hörte ich noch die Worte: „Und der Motor is a in Oasch", und dann, schon im Wegfahren, noch dumpf: „A Wahnsinn!"

Es war nicht ein Auto, das hier erniedrigt wurde, es war eine Idee, denn der XK 150 S war für mich niemals nur ein Auto, sondern schlichtweg der Geist der Fünfzigerjahre gewesen, Symbol für eine Lebensart, die sich nicht an deutscher Bundesliga und Mercedes orientierte. Ein Denkmal für die Unerschwinglichkeit schlechthin: Ein Pfund kostete damals 68 Schilling.

1958 hatte das Fernsehen eine Autosendung gezeigt, und ich hatte sie moderiert. Live. In der ersten Folge war der österreichische Jawa-Importeur Joschi Faber mit seinem XK 150 S zu Gast gewesen. Es war eine Zeit gewesen, in der das Auto noch ein Star sein konnte und nicht verteufelt wurde. Eine Zeit, in der sich die klügsten und begabtesten Männer dieses Landes noch mit Hingabe über Autos unterhalten durften. Eine Zeit, in der Josef Meinrad zusätzlich zu seinem Rolls-Royce ein Goggomobil erstand und die Kärntnerstraße noch in beiden Richtungen befahrbar war. Mir war damals klar gewesen, dass ich eher mit Marilyn Monroe zum Fünf-Uhr-Tee in den Volksgarten gehen würde, als jemals einen XK zu fahren. Aber gerade die aussichtslosesten Wunschträume sind es, an die man seine Hoffnungen knüpft.

Mit diesem desolaten XK, der von Bonnie und Clyde festgehalten wurde, hatte mir Paul Appleyard die Jugend zurückgebracht. Aber meine Wünsche waren, solange ich mit dem Auto nicht auch fahren konnte, noch nicht erfüllt, sie waren nur wieder da, stärker und brennender als je zuvor. Das macht mich erpressbar. Jeder, der träumen kann, ist erpressbar. Jeder, der lieben kann, ist erpressbar. Mancher hat für eine Frau schon seine Würde aufgegeben, Haus und Hof verloren und seine Zukunft verspielt. Warum sollte es einem mit einem Kunstwerk nicht ähnlich ergehen?

Es folgte eine Zeit der Erniedrigung und Verzweiflung. Bonnie und Clyde hatten mich fest im Griff. Fast täglich besuchte ich die Werkstatt, um zu sehen, ob der XK schon Gestalt annehme. Doch ich erfuhr stets nur neues Leid. Erbarmungslos beschimpfte Clyde meinen Schützling, um die Gnade seiner Hilfe in einem strahlenden Glanz erscheinen zu lassen. Immer, wenn ich dann den Tränen nahe war, erschien Bonnie, um mir Kaffee anzubieten und Akonto-Zahlungen zu fordern.

Manchmal hatten die beiden Mitleid mit mir. Dann sagten sie, dass die Rücklichter im Großen und Ganzen noch in Ordnung wären und dass sie einen originalen Rückspiegel aufgetrieben hätten.

Eines Tages war der XK verschwunden. Ich war alarmiert. Was war geschehen? Clyde hatte das Entführungsopfer verschwinden lassen. So konnte ich nicht mehr feststellen, was und wie viel am XK gearbeitet wurde. Eine unglaubliche Teufelei. Jetzt war ich auf die Aussagen Clydes angewiesen, wenn ich etwas über den Zustand der Geisel wissen wollte. Obwohl ich genau wusste, dass er mich anlog, ließ ich mir von ihm alles über die Arbeiten am XK, die sich jetzt auf verschiedene Werkstätten aufteilten, berichten.

Lügen gehört, wie das Vergaser-Einstellen, zum üblichen Tagewerk eines redlichen Mechanikers. Trotzdem log Clyde sehr schlecht. Er verwickelte sich in Widersprüche, erzählte manches doppelt und weigerte sich vor allem, mir die Werkstätten zu nennen, wo die Leichenteile des XK verwahrt wurden.

Als mir in diesem Moment Bonnie einen Kaffee anbot und eine Akonto-Zahlung verlangte, bekam ich meinen ersten Blutrausch. Ich kann mich nicht mehr erinnern, was ich in diesem Zustand getan habe, aber ich bin überzeugt, dass mich jedes Gericht freisprechen würde.

Weitere Details dieses Kreuzweges will ich Ihnen und vor allem mir ersparen. Ich könnte noch erzählen, dass sich der Lackierer geweigert hat, den Wagen in der Originalfarbe, nämlich „cotswold blue", zu lackieren. Dass der Tapezierer das Dach nicht fertigstellen konnte, weil sich Clyde nach meinen Morddrohungen weigerte, das Gestänge herauszugeben. Und dass der Instrumentemacher meinen Tacho verschmissen hatte, sodass das Armaturenbrett nicht montiert werden konnte. Ja, das könnte ich, aber ich tue es nicht, die Erinnerung nimmt mich zu sehr mit.

Nach zwei Jahren und sechs Monaten, in denen ich von meinen Freunden verhöhnt und verspottet, von Bonnie und Clyde erniedrigt und von Paul Appleyard um eine Stellung beim ORF-Orchester angesprochen worden war, war der XK 150 S endlich fahrbereit. Während dieser Zeit verunglückte die Raumfähre Challenger, explodierte Tschernobyl, bekam Bonnie ihr zweites Kind, kehrte Sacharow zurück, wurde ich Generalintendant, landete Rust in Moskau, zog sich die Sowjetunion aus Afghanistan zurück, kam Bundespräsident Waldheim auf die Watchlist und der Papst nach Österreich.

Jetzt habe ich das Auto. Es ist original bis auf den Rückspiegel und die Rücklichter. Ich weiß nicht genau, ob ich glücklich bin. Eine Geliebte, auf die man zu lange warten muss, wird irgendwann reizlos. Vielleicht werden wir wenigstens gute Freunde, der XK und ich, aber auch das ist ungewiss. Noch ist er ein Mahnmal für Willkür und Erniedrigung, und ich bin

ein anklagender Zeuge grassierender Mechaniker-
hybris.

Aber warten wir's ab, nächstes Jahr, an einem son-
nigen Frühlingstag, habe ich vielleicht alles vergessen.

Auszeichnungen

Es gibt Schauspieler, die machen Karriere, und solche, die bleiben immer an dem Theater, an dem sie begonnen haben. Sie sind zunächst eine „Begabung", dann eine „Stütze des Hauses" und schließlich der „Unverwüstliche".

Im Konversationszimmer des Wiener Volkstheaters, das ursprünglich merkwürdigerweise Deutsches Volkstheater hieß, saßen „die Stütze des Hauses", Oskar Willner, der „Bühnenstar" Fritz Muliar und der „Unverwüstliche", Egon von Jordan. Wie der Name schon sagt, spielte der „Unverwüstliche" in erster Linie hochgestellte Persönlichkeiten wie Grafen, Kardinäle oder Industriebarone. Er blätterte, um am Laufenden zu bleiben, im „Gotha".

Ich selbst durfte als „Begabung" folgendes Gespräch belauschen:

Die Stütze des Hauses: „Du, Fritz – was sagst, die wollen mir jetzt das Silberne Ehrenzeichen der Stadt Wien geben."

Der Bühnenstar: „Das darfst du auf keinen Fall annehmen. Entweder sie geben dir das Goldene oder gar nix."

Die Stütze des Hauses: „Aber das ist ja peinlich, ich kann ja so eine Ehrung nicht einfach ablehnen!"

Der Bühnenstar: „Also bitte, was du alles für Wien gemacht hast: Einen Gedichtband, eine Geschichte des Volkstheaters, einen Führer für Heurigenbesucher und und und …"

Die Stütze des Hauses: „Na ich weiß nicht." Und zum unverwüstlichen Egon von Jordan gewandt: „Was sagst denn du dazu, Egon?"

Der Unverwüstliche: „Ich kann da nicht mitreden – ich hab das Bronzene."

Gora

Die kleine, unauffällige Gemeinde Gora liegt im Burgenland hart an der ungarischen Grenze und ist hauptsächlich von Kroaten bewohnt. Sie wurden zur Zeit Maria Theresias hier angesiedelt, um das unwirtliche Land zu kultivieren. Es ist vielleicht ein Glücksfall, dass sich seit Maria Theresias Zeit nicht allzu viel verändert hat.

Die Weingärten von Gora zählen zum Weinbaugebiet „Neusiedlersee Hügelland", bringen aber sehr eigenwillige Weine in den Verkauf, die von den Kennern unter den Nichtkroaten geschätzt werden, was aber im Großen und Ganzen bedeutungslos ist, da die heimischen Weine fast zur Gänze von der heimischen Bevölkerung ausgetrunken werden. Auf das Urteil nichtkroatischer Kundschaft legen sie ebenso wenig wert wie auf die Ansiedlung deutschsprachiger Österreicher.

Minderheiten sind misstrauisch, denn was Mehrheiten ihren Minderheiten antun können, hat sich im Laufe der Geschichte nur zu oft gezeigt. Auch die Kroaten von Gora sind gerne unter sich. Ihre Sprache wird zwar langsam, aber sicher durch deutsche und englische Lehenswörter unterminiert, aber Unterrichtssprache ist Kroatisch und auch der Pfarrer predigt in dieser mittlerweile recht antiquierten Form des Hochkroatischen.

Die viel gerühmte kroatische Gastfreundschaft spielt sich in erster Linie unter Kroaten ab, was aber nicht heißen muss, dass die Kroaten aus dem Nachbardorf willkommen sind. Das ist ein Grund, weshalb auch der Fremdenverkehr in dieser Gegend nicht so recht in Schwung kommen will.

Ein zweiter ist, dass es wenig Sehenswürdigkeiten gibt: eine Pfarrkirche, ein Kreuz auf einem aufgelassenen Flugplatz, wo der Papst gelandet ist, wo aber bis jetzt noch immer keine Wunder geschehen sind. Als Wallfahrtsziel würde sich höchstens ein Graskreuz auf einer der vielen von der EU geförderten Brachen eignen, aber seit sich in einer anderen Gemeinde ein derartiges Graskreuz als mit Kunstdünger bewerkstelligter Schwindel herausgestellt hatte, ist auch mit der Wundergläubigkeit kein Geschäft zu machen. Ansonsten hatte es nur einmal einen Maler gegeben, der Hinterglasbilder angefertigt hatte, aber der ist schon längst als Mittelschullehrer in Pension gegangen.

Einmal stand Gora im Mittelpunkt der politischen Auseinandersetzung, als in Österreich die zweisprachigen Ortstafeln eingeführt wurden. Im Gegensatz zu Kärnten gab es zwar bei der Aufstellung dieser Semaphore der Toleranz in dieser Gegend keinerlei Probleme.

Gora allerdings war ein besonderer Fall: Gora heißt nämlich auch auf Kroatisch Gora und wird auch so geschrieben. Es erhob sich nunmehr in der Bevölkerung, in der es schließlich auch einige angeheiratete Deutschsprachige gab, die Frage, ob es in diesem Fall nicht genügen würde, Gora nur einmal auf die Ortstafel zu schreiben. Der Bürgermeister und der Vorsitzende des Fremdenverkehrsvereins gaben zu bedenken, dass bei den anderen zweisprachigen Ortstafeln die deutsche Bezeichnung immer oben stünde und darunter die kroatische. Wenn also jetzt Gora allein auf der Tafel stünde, könnte man glauben, dass die kroatische Namensbezeichnung fehle. Der Pfarrer plädierte dafür, die Schrift, deren höhere Position auf der Tafel die deutsche Version des Namens signalisiere, um einige Zentimeter herabzusetzen, also in die Mitte zu rücken, dann wäre die Sache neutral. Dagegen wehrte sich der Leichenbestatter des Dorfes mit dem allen einleuchtenden Argument, dass so eine Lösung nicht Fisch und nicht Fleisch wäre. Es wurde also die Ortstafel von Gora zweimal mit „Gora" beschriftet, was ja schließlich auch dem Gesetz und dem Selbstverständnis der Einwohner entsprach.

Die Lösung dieses Problems, die mit so viel Augenmaß und Demokratieverständnis herbeigeführt worden war, musste natürlich gefeiert werden. Das war für die Bevölkerung Goras eine jener häufigen Gelegenheiten, die Weinvorräte erheblich zu reduzieren.

In einem Schenkhaus unweit des Gemeindeamtes und des Friedhofes ließ man den Leichenbestatter hochleben, der den Schlusspunkt unter die Diskussion gesetzt hatte. Für ihn spielte, wie für die meisten Ortsbewohner, der Alkohol eine zentrale Rolle. Für ihn vielleicht ganz besonders.

Der Leichenbestatter war eigentlich der Tischler des Ortes. Einer Konzession aus der Zeit Maria Theresias folgend oblag ihm auch das Bestattungsgewerbe, das er mit viel Engagement ausübte, auch wenn es natürlich seine Schattenseiten hatte. Wenn er etwa gute Freunde bestatten musste und junge Menschen, da brauchte er schon den einen oder anderen Schluck aus der Doppelliterflasche, um weitermachen zu können.

Nach einigen Vierteln begann er dann mit den Toten zu reden, was ihn sehr erleichterte. Er erzählte ihnen von seinen Sorgen mit der Tischlerei und der schlechten Auftragslage, weinte sich bei ihnen aus, weil seine älteste Tochter ein Kind erwartete, von einem „Deutschen". Ja, er schimpfte auch oft mit ihnen, wenn er sie wusch und anzog, weil sie schon ein wenig sperrig waren. Er verzichtete aber darauf, den Toten Vorhaltungen zu machen, dass sie etwa weniger rauchen oder saufen hätten sollen und sich mehr um ihre Kinder kümmern. Er redete lieber von vergangenen, schönen Tagen, vor allem von großen Räuschen, die sie gemeinsam gehabt hätten, und von Liebesabenteuern, die sie sich von zwei hässlichen Zigeunerinnen angedeihen hatten lassen. Diese betrieben ein Schenkhaus an der Friedhofsmauer. Sie hatten die Fenster mit Milchglas versehen, damit ihre Kunden nicht die Grablichter sehen mussten. Das drückte nämlich auf die Stimmung.

Nicht aber auf die des Leichenbestatters. Für ihn war jedes Grablicht eine Wegleuchte zum Jenseits, wo er sich schon gut auskannte, ja eingerichtet hatte. Für ihn war der Tod reizvoll, richtig cool – wenn er gewusst hätte, was das Wort bedeutet.

Wenn er einen hochpolierten Deckel aus wertvollem Mahagoniholz auf den Sarg legte, strich er noch einmal mit kundiger Hand über die Oberfläche und genoss dieses exklusive Gefühl von Luxus. Er war schließlich Tischler und mochte seinen Beruf. Aber wirklich hingezogen fühlte er sich nur zum Bestattungswesen. Es war für ihn ein Arbeiten am Limit, an der Schwelle zum Jenseits. Auch wenn die Ärzte den Sterbenden nicht mehr retten konnten oder die Lebensuhr endgültig abgelaufen war, hatte er das Gefühl, für den Menschen, der ihm nun anvertraut war, noch etwas tun zu können. Es war keine Sterbehilfe mehr, aber immerhin eine Todeshilfe.

Allmählich begann er seinen Beruf zu vernachlässigen und in seiner Berufung aufzugehen. Er reiste auf eigene Kosten zu Bestattungskongressen und kam immer mit neuen Ideen zurück nach Gora, wo man nach wie vor die konventionelle Bestattung bevorzugte. Er erzählte auch gerne in den Wirts- und Schenkhäusern sowie in den Hinterstübchen der Tankstellen, die ja die beliebtesten Treffpunkte für Alkoholiker geworden waren, von seinen Erlebnissen und Erfahrungen mit der Bestattungskultur im Ausland und ertränkte seine Frustration über die geringe Aufgeschlossenheit für Innovationen in der heimischen Bevölkerung im Welschriesling.

Sein bester Freund war der Totengräber von Gora. Der litt in dieser Gemeinschaft allerdings unter dem Makel, dass er keinen Alkohol trank. Keinen trinken durfte, denn er war Epileptiker. Diese Krankheit war für ihn auch ohne Alkoholkonsum gefährlich. Schon zweimal hatte er tief unten im Grab, das er geschaufelt hatte, einen Anfall bekommen und war nur dank zufällig anwesender Friedhofsbesucher gerettet worden.

Doch der Totengräber wollte, sensibel, wie er war, den Heurigenrunden als einziger Nüchterner nicht den Spaß verderben und spielte eben, so gut er konnte, den Betrunkenen. In besonders strengen Wintern kam er in die warmen Schenkhäuser und erzählte dort, wie tief die Erde gefroren war. Da erschauerten die Bauern, rückten zusammen und tranken noch das eine oder andere Glas Trebernen.

Gern gesehen waren der Leichenbestatter und der Totengräber in den Gaststuben nicht unbedingt. Manchmal verursachte ihr Erscheinen in einem Lokal eine alkoholtriefende Weltuntergangsstimmung. Vor allem, wenn sie den Geige spielenden Hinterglasmaler im Gefolge hatten. Aber oft führte das Erscheinen der beiden auch zu einem stagnierenden Geschäftsgang, was in der einen oder anderen Nachbarortschaft, die sie selbstverständlich mit dem leeren Bestattungsfahrzeug aufsuchten, zu einem teilweisen oder sogar immerwährenden Lokalverbot führte.

Immer öfter besuchte der Leichenbestatter seinen Freund, den Totengräber, auf dem Friedhof und sah ihm bei der Arbeit zu. Natürlich betrachtete er bei dieser Gelegenheit die Gräber. Vor allem die der reichen und angesehenen Familien. Sie kamen ihm alle armselig vor. Ja, gewiss, da und dort gab es etwas Marmor oder Schmiedeeisen. Aber keine Gruft, kein prunkvolles Gebäude, das zum Teil unter und zum Teil über der Erde Eindruck erwecken konnte.

Er besprach diese Angelegenheit mehrmals mit dem Totengräber, aber den schien das Problem, für den Leichenbestatter unverständlich, völlig kalt zu lassen.

„Nein, nein, mein Freund", sagte der Bestatter, „ich werde hier für mich und meine Familie eine Gruft errichten, die das ganze Burgenland, ganz Österreich noch nicht gesehen hat." Dem Totengräber sollte das nur recht sein.

Der Plan war also gefasst, der Leichenbestatter machte sich nun an seine Ausführung. Die Tischlerei wurde wieder in vollem Umfang in Betrieb genommen. Jetzt musste Geld verdient werden, denn eine Gruft kostet Geld. Viel Geld.

Aufträge gab es genug. Neben der Sargproduktion, die ja in dieser Firma Vorrang hatte, waren es vor allem Einbauküchen, die den Umsatz steigerten. Die Bestattungsfirma lief nur mehr so nebenbei. In erster Linie brauchte der Bestatter jetzt Geld für seine eigene Bestattung.

Er hatte in der Zwischenzeit drei Gräber gekauft. Auf diesem Areal sollte sein Totenreich entstehen. Nachts zeichnete er an seinen Plänen. Es sollte eine Art Todesvilla werden. Unter der Erde verschiedene Zimmer für die Familie. In Marmor und über der Erde sollten schattige Arkaden errichtet werden, durch die eine marmorne Treppe in die tiefer liegenden Gemächer führen sollte.

Der Leichenbestatter hatte es merkwürdig eilig mit dem Bau. Tag für Tag rollten Tieflader mit Marmorplatten heran.

Die Ortsbevölkerung kam staunend auf den Friedhof und murrte immer lauter über diese Verschwendung. Der Pfarrer mahnte von der Kanzel vor morbidem Größenwahn und meinte, man sollte mit diesen Marmorplatten eher das Presbyterium der Pfarrkirche auslegen, das mit billigem Sandstein aus dem Steinbruch von Sankt Margarethen gepflastert war.

Aber der Leichenbestatter war nicht zu beirren. Stein um Stein wuchs sein Monument des Glaubens an das Jenseits. Ein pannonisches Pharaonengrab. Und ein Millionengrab.

Die Tischlerei, in der auch ein Geselle beschäftigt war, der bezahlt werden musste, war nicht mehr in der Lage, so viel Gewinn zu erzielen, dass er die horrenden Rechnungen der Steinmetze begleichen hätte können. Das Grab verschlang alles.

Als es schließlich bezugsfertig war, wurde das Konkursverfahren über die Tischlerei eröffnet. Doch an Konkursmasse war so gut wie nichts vorhanden. Das Holzlager war noch nicht bezahlt, das persönliche Eigentum des Firmeninhabers und seiner Familie nicht der Rede wert. Blieb nur noch die Gruft – aber die war wohl nicht an den Mann zu bringen. Zur klammheimlichen Freude des Leichenbestatters. Sein Lebenswerk wollte und konnte ihm niemand nehmen.

Dafür wurden sein Wohnhaus und seine Werkstätte versteigert. Seine Frau verzichtete auf ihren Liegeplatz in der Familiengruft und ließ sich scheiden. Sie zog mit einem Krankenpfleger zusammen, den sie durch die Tätigkeit ihres Mannes kennengelernt hatte. Der Leichenbestatter zog zu seiner Schwester, die im selben Ort wohnte. Sie besaß außer einem kleinen Haus noch einige Weingärten.

Der Tischler und Leichenbestatter, der beides nicht mehr war, beschloss einen Neuanfang: Er und seine Schwester würden einen Heurigen eröffnen. Dann würde er wieder so viel verdienen, dass er davon leben und das Mausoleum fertigbauen könnte.

Als ich übers Jahr diesen Heurigen besuchte, bestellte ich mir hausgemachte Fleischlaberl, Erdäpfelsalat und ein Viertel Welschriesling, der von überraschend guter Qualität war. Dennoch war ich der einzige Gast. Die Hausleute setzten sich zu mir, um sich meiner Zufriedenheit zu vergewissern.

„Ja, ja", sagte ich, „solche Fleischlaberln gibt's weit und breit nicht."

„Und der Salat?", fragte der Wirt.

„Der ist besonders gut", sagte ich. „Der Erdäpfelsalat ist das Markenzeichen eines guten Heurigen."

„Und der Wein?"

„Wahrscheinlich gibt es im ganzen Ort keinen besseren!"

„Und warum", fragte er verzweifelt, „und warum kommen dann kane Leut? Und wann s' kommen, gehen s' gleich wieder! Warum?"

„Du wirst es nicht verstehen", sagte ich, „aber schuld daran sind wahrscheinlich die Särge, die hier überall an den Wänden lehnen und wohl Einblick geben sollen in die Handwerkskunst des Hausherrn."

Als ich im nächsten Frühjahr wiederkam, gab es auch den Heurigen nicht mehr.

Vor dem Haus des Hinterglasmalers traf ich den Totengräber. Er habe den Beruf aus gesundheitlichen Gründen aufgeben müssen, sagte er.

Ich fragte nach unserem gemeinsamen Freund, dem Leichenbestatter. Zu dem habe er ein wenig den Kontakt verloren, meinte der Totengräber, denn er dürfe ja nichts trinken und auf dem Friedhof sei er auch immer seltener. Aber manchmal sehe er den Bestatter dort. Da sitze er im Schatten seiner marmornen Arkaden am Rande seines Grabes und lese die Zeitung.

Verstellung

Josef Zimprich war der umsichtige Chefgarderobier der Wiener Kammerspiele. Umsichtig ist eigentlich ein viel zu belangloses Wort für all das, was er für dieses Haus getan hat. Er fühlte sich nicht nur für das Wohl seiner ihm Abend für Abend anvertrauten Schauspieler verantwortlich, sondern auch für das Gelingen der jeweiligen Vorstellung.

Eines Abends erschien eine „Stütze des Hauses", nennen wir sie Müller, vollkommen betrunken zur Vorstellung.

Zimprich war außer sich: „Herr Müller, Sie sind ja vollkommen betrunken! Ich ruf einen Arzt und mach Ihnen einen schwarzen Kaffee. So können Sie doch unmöglich auftreten!"

„Warum nicht", antwortete Müller lallend. „In diesem Stück bin ich ein vollkommen besoffener Kutscher, der …"

„Ja, schon", fiel ihm Zimprich ins Wort, „ aber der ist im zweiten Akt stocknüchtern!"

Die „Stütze des Hauses" gab sich einen Ruck, sah seinen Garderobier streng an und sagte mit großer Entschlossenheit: „Das spiel ich!"

Ein Winterschal

Österreich hat heute keine Bahnhöfe mehr. Bis auf die Gleise wurde alles weggesprengt. Sie sollen schöner und besser denn je wieder aufgebaut werden – aber wer weiß. Es gibt keine Bahnhofsrestaurants mehr, keine Zeitungskioske, keine Ammoniak verströmenden Pissoirs, keine Wartesäle erster und zweiter Klasse, keine Getränke und PEZ-Automaten, überspannt von kühnen Stahl- und Glaskonstruktionen. Alles spielt sich unter der Erde ab, die Reisenden verschwinden oder erscheinen wie Erdmännchen. Aber auch hier bleibt kein Stein auf dem anderen. Die Wegweiser stehen verkehrt, die Uhren gehen falsch und es gibt weit und breit keine Vertrauensperson der Bundesbahnen, die man nach dem Weg fragen könnte.

Für Reisende der ersten Klasse gibt es aber immerhin einen Lichtblick: Im unterirdischen Höhlensystem gibt es eine Nebenhöhle, die „Lounge", ein überheizter Unterschlupf bis zur Abfahrt des Zuges.

Es ist ja eines der vielen österreichischen Paradoxa, dass ausgerechnet in der Zeit der Erderwärmung mehr eingeheizt wird als bisher, dass ausgerechnet in einer Situation, in der an jeder freien Wand das Menetekel CO_2 erscheint, der Winter zum Sommer gemacht wird. Taxis, Schulen, Wartezimmer, Ämter, Gerichtssäle, Zugabteile und eben „Lounges": alles überheizt.

Ich hielt es daher an diesem Ort nicht mehr aus, kroch an die Erdoberfläche und setzte mich auf die

Reste einer Holzbank, die auf einem Bahnsteig stand, von dem ich hoffte, er würde der richtige sein.

Plötzlich tauchte eine mir völlig unbekannte Dame auf, ging vor mir wie eine Beduinenfrau in die Hocke, lächelte mich an und sagte: „Sie haben Ihren Schal vergessen."

„Ja, ja", sagte ich. „Eigentlich bin ich froh darüber. Er ist schon alt und unansehnlich. Außerdem ist er zu heiß."

Die Dame war etwa 40 oder 50 Jahre alt, ungeschminkt und unfrisiert, woran wohl der heftige Föhn Schuld hatte, der über die staubige Baustelle fegte. Die orange gefärbten Haare mit einem geometrischen grauen Nachwuchs flatterten im Wind.

Meine doch wirklich plausiblen Argumente einfach übergehend, sagte sie: „Sie haben noch eine Viertelstunde Zeit, Sie können sich Ihren Schal noch holen."

„Woher wissen Sie, mit welchem Zug ich fahre?"

„Als Sie von der Lounge auf die Toilette gingen, haben Sie Ihre Fahrkarte auf dem Tisch liegen gelassen. Sie fahren nach Wien und haben den Sitz 051 im Wagen 297."

„Ich werde mir den Schal ganz sicher nicht holen", sagte ich und las in meiner Zeitung weiter.

Die Dame bewegte sich nicht von der Stelle. Allmählich füllte sich der Bahnsteig mit Reisenden, die unseren Anblick zweifellos etwas seltsam finden mussten.

„Soll ich Ihnen den Schal holen?", fragte die Dame beharrlich.

„Das ist doch lächerlich. Ich könnte mir ja den Schal selbst holen. Aber ich will nicht. Er ist alt und hässlich. Er ist zerrissen und ausgewaschen. Außerdem ist er mir zu heiß. Ich will diesen Schal nie wieder sehen."

Die Frau stand auf und ging. Die Menschengruppe, die sich rund um uns angesammelt hatte, löste sich auf. Dabei traf mich so mancher vorwurfsvolle Blick. Vor allem von älteren Damen.

Ich vertiefte mich wieder in meine Zeitung. Dann war sie wieder da, die Beduinenfrau. Wieder hockte sie vor mir und streckte mir mit beiden Händen meinen Schal entgegen.

„Das ist meine gute Tat für heute", sagte sie und zwang mich zu einem zornigen „Dankeschön".

In dieser Sekunde fuhr der Railjet in den ehemaligen Bahnhof ein. Ich sprang auf, um im Eilschritt meinen Waggon 297 zu suchen. Es ist ja nicht so, dass die Waggons logisch aneinandergehängt sind. Nein, sie sind verteilt durch einen Zufallsgenerator. Sie folgen den logischen Gesetzen des nächtlichen Verschubs. Vor dem Wagen 297 kann also durchaus 816 kommen und danach 299. Es konnte auch sein, dass es meinen Wagen 297 überhaupt nicht gab. Vielleicht würde er erst hier an diesem Bahnhof angekoppelt.

Ich sprang also auf, um in eine ungewisse Zukunft einzutauchen. Doch die Beduinenfrau hängte sich bei mir ein und marschierte mit mir in einem Rhythmus los, dem ich nicht folgen konnte. Ich marschiere in solchen Fällen eher unsicher voran, mit unstetem Blick, um ja nicht in eine falsche Richtung zu gehen.

Auch drehe ich mich auf diesen Eilmärschen öfter um, damit ich sehe, was ich verlasse und ob ich das überhaupt soll. Die Beduinenfrau dagegen ging mit dem sicheren Schritt einer Pfadfinderin mit einschlägiger Praxis in der katholischen Jungschar.

Es gab kein Entkommen. Ich zappelte neben ihr dahin wie seinerzeit neben meiner Mutter, die mich während der letzten Kriegswirren vor der Roten Armee und den Fliegerbomben der US-Airforce bewahren wollte. So wie damals legte ich auch jetzt gelegentlich einen Wechselschritt ein, um die Balance zu halten.

Meine Leihmutter trug einen ziemlich kurzen Rock und darunter Jeans. An ihren Füßen trug sie eine Mischung aus Sport- und Gesundheitsschuhen, mit Absätzen, die wie Hufe aussahen. Was mochte sie wohl für einen Beruf haben? Lehrerin? Nein, das wäre zu einfach. Nicht alle Lehrerinnen haben Hufe. Aber vielleicht Reiseleiterin für Zug- und Busreisen. Auf jeden Fall Ö1-Hörerin. Und bestimmt war sie Vegetarierin. Oder, noch schlimmer: Veganerin.

Am Rücken trug sie einen Rucksack, den sie wohl in ihren Jungmädchentagen gekauft hatte, für Schminkzeug, Zahnbürste und Strumpfhosen. Das hatte sie diesmal sicher nicht im Rucksack dabei. Dennoch war er ziemlich prall. Was mochte drinnen sein? Vielleicht noch einige Schals? Oder andere Kleidungsstücke, die sie auf Bahnhöfen aufgelesen hatte und zur Caritas bringen wollte? Rätsel über Rätsel.

Ihr Schritt wurde immer schneller. Sie wusste genau, wohin sie gehen musste. Das ist einerseits beeindruckend, andererseits verdächtig. Leute, die fest davon überzeugt sind, auf dem rechten Weg zu sein, landen bekanntlich oft im Abgrund.

Wir landeten allerdings genau richtig bei meinem Platz. Der Nebensitz war unglücklicherweise frei, sodass dieser so unerwarteten Zweisamkeit auch für die nächsten drei Stunden nichts im Wege stand.

Die ÖBB-Hostess, eine Gastarbeiterin aus Zwickau, wie sich beim Verhör durch die Beduinenfrau herausstellte, brachte uns Canapés. Meine Sitznachbarin entschied sich für ein Brötchen mit vertrockneten Tomaten, ich griff zum Pressschinken. Das war der Casus Belli. Meine Vorahnung war richtig gewesen: Diese Frau war, wie sie mir nun erklärte, Veganerin. Schon das Wort klang martialisch. Veganer – so könnten auch germanische Stämme geheißen haben, die das römische Reich angriffen. Und aus der Ferne hörte man Lukullus winseln: „Vega, Vega, gib uns unsere Mangalitzas wieder!"

Ich erhielt nun einen Vortrag über das schleichende Gift des Fleisches und über den Angriff auf die Dritte Welt, von den Schwellenländern ganz zu schweigen, aufgrund regelmäßigen Fleischgenusses.

Sie hörte gar nicht mehr auf zu reden. Vorwürfe über Vorwürfe. Ich kam nicht einmal zu Wort, um ihr zu versichern, dass ich jeden weiteren Fleischgenuss verweigern würde, wenn sie nur still wäre. Ich verfiel also in dumpfes Brüten. Wer war diese geheimnisvolle Hohepriesterin der Fleischesunlust? War sie verheiratet? Oder suchte sie einen Mann? Vielleicht hatte sie ihren Mann aus der Wohnung geschmissen, weil der immer öfter fettverschmiert vom Würstelstand heimgekehrt war? Wie mochte ihre Wohnung aussehen? Auf jeden Fall Altbau. Aber Energiesparfenster mit Gemeindekredit. Schon im Vorzimmer roch es nach frischen Brennnesseln und dem Leinöl, mit dem die Wanderschuhe eingeölt wurden. Eine kleine Küche mit einer großen Getreidemühle und einem Entsafter. Das Wohnzimmer praktisch und fesch. Keine Vorhänge, viele Zimmerpflanzen. Ein selbst bemalter Esstisch. Jedes Tischbein eine andere Farbe. Viele verschiedene Sessel für viele gleich gesinnte Besucher. Zwei davon echte Thonets. Der Fernsehapparat weggesperrt im geerbten Trumeau-Kasten der Großmutter. Ansonsten das eine oder andere hübsche Stück von IKEA und ein selbstgebasteltes Mobile. Die Toilette sehr sauber mit einem rosaroten Klobesen aus Plastik und einem selbstgestrickten Sitzbrettschoner, auch in rosa.

Ich erwachte aus meinen Tagträumen, als sie mich anschrie: „Fleisch zu essen ist Mord an der Kreatur!"

Ich fühlte mich schuldig und wollte beichten. „Ich war einmal in Slowenien", sagte ich „da habe ich zum Nachtmahl einen Bären bekommen."

Meine Nachbarin schrie auf, drehte mir demonstrativ den Rücken zu und starrte stumm aus dem Fenster. Ich glaubte eine Träne auf ihrer hohlen Wange zu bemerken.

Eisiges Schweigen.

Nach etwa zehn Minuten drehte sie sich plötzlich wieder um und fragte: „Und wie schmeckt so ein Bär?"

„Gar nicht so besonders", sagte ich, bemüht, die Sache hinunterzuspielen, „wie eine Katze."

Jetzt sprang sie auf und verließ das Abteil.

Beim Aussteigen versuchte ich ihr zuzulächeln, aber ich weiß nicht, ob es mir gelungen ist.

Der Doppelgänger

Es ist schon eine Weile her, dass ich regelmäßig im Fernsehen aufgetreten bin. Dennoch holt mich gelegentlich die Vergangenheit ein und die eine oder andere charmante ältere Dame spricht mich an, was aufgrund eines funktionierenden Langzeitgedächtnisses den Charme eines Déjà-vu-Erlebnisses hat.

Hin und wieder wird man bei solchen Anlässen auf grausame Art an die eine oder andere Peinlichkeit erinnert, die man nach dem Prinzip der Vergangenheitsverklärung längst gelöscht hat. Die meisten dieser Begegnungen sind aber harmlos, wenn auch ein wenig verwirrend.

Unlängst sprach mich eine Dame in Wien Mitte an: „Jedes Mal, wenn ich Sie im Fernsehen seh, denk i an mein Bruder, weil Sie ihm so ähnlich schaun."

„Sehr interessant", antwortete ich etwas beunruhigt. Ich wusste ja schließlich nicht, wie der Bruder aussah.

„Der is so musikalisch", fuhr die Dame fort, „er ist Kapellmeister bei der Blasmusik Mannswörth. Spielen Sie auch a Instrument?"

„Nein, leider", sagte ich mit schlechtem Gewissen.

„Gehen S', hörn S' auf", insistierte mein spätes Groupie, „ ich hab Ihna doch schon Klavier spielen g'hört!"

Ich war ratlos. „Verzeihen Sie bitte, aber Sie wissen schon, wer ich bin?", fragte ich.

„Na selbstverständlich, Herr Nidetzky."

Wenn der Kapellmeister von Mannswörth meinem Freund Peter Nidetzky ähnlich sah, konnte er mir jedenfalls nicht ähnlich schauen – und umgekehrt. Die Wirklichkeit des Fernsehens ist eben unergründlich. Bekanntlich versuchen die Künstler, die Wirklichkeit zu verändern, damit sie uns die Wahrheit präsentieren können. Im Fernsehen ist es umgekehrt. Aber es ist eine andere Wirklichkeit.

Einmal saß ich mit Hans-Joachim Kulenkampff in einem Wiener Kaffeehaus, als eine Dame, die jener von vorhin sehr ähnlich sah, ihn um ein Autogramm bat.

Während „Kuli" schwungvoll seinen Namen nebst herzlichen Grüßen auf das Billett schrieb, sagte die Frau mit leichtem Erröten: „Herr Kulenkampff, Sie schaun privat genauso aus wie in Wirklichkeit."

Solche Episoden, glaube ich, werden in die Fernsehforschung eingehen als das „Mannswörther Syndrom".

Der Anschluss

Man weiß nicht genau, wann es passiert ist, aber es ist wahrscheinlich das schlimmste Datum seit dem Einmarsch der deutschen Truppen 1938. Schlimmer als der bayerische Hilfszug, schlimmer als die Abschaffung des Schillings und die Einführung des Euro, schlimmer als der Ausverkauf der österreichischen Wirtschaft an deutsche Banken: der Einmarsch des deutschen Humors in österreichisches Staatsgebiet und die freiwillige Unterwerfung der einheimischen Bevölkerung unter denselben. Helau!

Seit diesem einschneidenden Ereignis ist der Fasching – oder vielleicht schon „Karneval" – die traurigste Zeit im Jahr.

An einem Rosenmontag verschlug es mich in die Fußgängerzone eines österreichischen Städtchens. Überflüssig zu sagen, dass selbstverständlich alle Fußgänger kostümiert waren. Gleich am Eingang zur Narrenzone kam mir ein angeheiterter Hitler entgegen. Ich grüßte ihn, nicht zuletzt wegen des strengen Blickes, den er mir zuwarf, mit einem strammen „Helau Hitler!". Er dankte mit einem schlappen „Grias God" und erklärte mir zum Erstaunen seiner schon beträchtlich angewachsenen Fangemeinde unter den anderen Narren, dass er nicht Hitler, sondern Charlie Chaplin darstelle.

„Charlie Chaplin als ‚Der große Diktator'?", fragte ich.

„Keineswegs", meinte er, „Charlie Chaplin als Charlie Chaplin."

Die Fans begannen sich zu verlaufen.

Dass jemand, der Charlie Chaplin sein will, für Hitler gehalten wird, liegt wahrscheinlich am Bart. Wer hierzulande einen Chaplinbart trägt, schaut aus wie Hitler. Ein österreichisches Schicksal.

Adolf Chaplin bestellte sich an der im Freien aufgestellten Fußgängerbar einen Uhudler und versank in dumpfes Grübeln.

Ich kämpfte mich währenddessen durch die Narrenmenge, die sich gerade anschickte, die einzige vertonte rhetorische Frage anzustimmen: „Warum ist es am Rhein so schön?", zum Wirtshaus vor, das schon mit Jecken besetzt war.

Ein Eckplatz garantierte mir freie Sicht. Ein besonders groß gewachsener Herr, der eine verblüffende Ähnlichkeit mit Harald Serafin hatte und den offensichtlich alle Gäste kannten, kam als Wolfgang Schüssel. Ein Mascherl war der einzige Hinweis auf den damaligen Bundeskanzler, er musste also diese optische Insuffizienz sprachlich ausgleichen, indem er jedem, den er begrüßte, versicherte: „Ich bin der Schüssel." Er legte eine Spur tiefer Traurigkeit durchs Lokal und verließ es gleich darauf durch den Hinterausgang. Wie ich durchs Fenster sehen konnte, begrüßte er mit erhobener Hand Charlie Chaplin.

Auf der Toilette saß ein etwa 55-jähriges Schneewittchen: die Klofrau. Ich gab ihr siebzig Cent und ging wieder an meinen Tisch zurück.

In der Zwischenzeit hatte am Nebentisch eine junge Familie Platz genommen. Das Kind, ein etwa sechsjähriger Goofy, weinte herzzerreißend, weil ihm der Vater die Brille mit den Scheibenwischern nicht geben wollte. Der schaute durch diese hindurch beifallheischend durch den Saal, bis die Batterie leer war und die Scheibenwischer zum Stillstand kamen. Jetzt gab der Vater die Brille seinem Goofy. Der schleuderte sie durch die Gaststube. Die Mutter, im Sado-Maso-Look, hob sie auf und verließ den Raum mit der Information, dass sie jetzt heimgehen werde, um sich zu kostümieren.

Ihren Platz am Tisch nahm seltsamerweise das Schneewittchen ein, das, wie sich herausstellte, doch keine Klofrau war, sondern nur lange vor der Toilette warten hatte müssen, weil diese von vielen Närrinnen als Umkleidekabine benützt wurde. Der Vater, der sich ohne Scheibenwischerbrille inmitten des lustigen Narrentreibens deplatziert vorkam, versicherte dem Schneewittchen, dass er eigentlich als Maschendrahtzaun gehen wollte, aber nicht in seinen Mazda hineingekommen war.

Dann erschien Charlie Chaplin im Lokal, baute sich vor Schneewittchen auf und sagte: „Kimm, Mama, essen tan ma dahoam!"

Wie gut, dachte ich, dass der Fasching bald vorbei ist.

Schuld und Sühne

Im Märchen gibt es viele böse und grausame Stief-
mütter, aber keine grausame Tante.

Ich hatte eine grausame Tante. Sie hieß Tante Julie.
Ich war ihr als Siebenjähriger anvertraut, weil sie mit
ihrem Mann Hubert am Land lebte, wo man ein Stadt-
kind besser ernähren konnte.

Die Tante war streng und unerbittlich. Ihre ganze
Liebe gehörte, wie sie immer betonte, nicht der
schlechten Menschheit, der auch ich hinzuzuzählen
war, sondern ihren Hunden. Sie züchtete deutsche
Boxer. Erst meine Freundschaft zu einem dieser
Tiere – es hieß Argos – ermöglichte mir einen gewissen menschlichen Zugang zu dieser unerbittlichen,
hustenden, eisernen Lady, deren Aussehen an eine
quirlige Mumie erinnerte.

Ihr zweites exzessives Hobby war das Kettenrau-
chen selbstgestopfter Zigaretten. Sie rauchte so viel,
dass sie mit dem Stopfen nicht nachkam, sodass alle
Familienmitglieder und auch die Lehrbuben des eigenen Spenglerbetriebes Zigaretten stopfen mussten.
Das Haus war also ausgefüllt vom undurchdringlichen
Rauch der Zigaretten, vom Hämmern und Dröhnen
der Maschinen der Spenglerei und einmal im Jahr vom
markerschütternden Schreien der Boxerwelpen, wenn
ihnen die Ohren und Schwänze abgeschnitten wurden.

Im Dorf hieß meine Tante nur „die Tante" und verbreitete in ihrer Umgebung viel Rauch und Angst. Mir

begegneten die Dorfbewohner mit Scheu und Mitleid. So manche Bäuerin strich mir übers Haar und seufzte.

Viele hielten „die Tante" auch für eine Alchimistin, aus deren Experimenten mit schwarzem Mehl und Rindsfett Kekse in Form von Sternen entstanden, die sie nicht nur zu Weihnachten herstellte. Stets waren sie verkohlt, manchmal auch schon zu Asche verfallen – Weihnachtssterne des Satans. Aber die Zeiten waren schlecht und viele wollten trotzdem so einen Stern kosten. Doch nicht einmal Onkel Hubert bekam einen.

Onkel Hubert fehlte merkwürdigerweise der Daumen an der rechten Hand. Bekanntlich zieht nichts Kinderaugen derart auf sich wie körperliche Behinderungen. Doch über den fehlenden Daumen meines Onkels wurde niemals gesprochen, und ich traute mich auch nicht zu fragen, auf welche Art und Weise er ihn verloren hatte. Wahrscheinlich war er in eine seiner donnernden Maschinen geraten, die in seiner Spenglerwerkstätte den ganzen Tag das Haus erzittern ließen.

Der Daumen musste ihm wohl schon seit langer Zeit fehlen, denn er hatte mit Zeige- und Mittelfinger großes Geschick entwickelt. Er verwendete diese Finger wie chinesische Essstäbchen. Also angelte er sich damit auch kunstfertig einen verkohlten Stern aus der Porzellanschüssel, die eigentlich – vor allem wegen ihres Inhalts – mehr wie eine Urne aussah. Aber die Tante klopfte ihm auf die Finger, sodass er das sinistre Backwerk wieder fallen ließ.

Onkel Hubert zog sich daraufhin an seinen Acht-Röhren-Radioapparat zurück, wo er mit seinen flin-

ken Fingern an den Knöpfen drehte, um einen „Feind-
sender" zu empfangen. Darauf stand im Jahr 1944
die Todesstrafe.

Er hörte meistens Radio London und sagte dann:
„I moa, des geht schief!" Er meinte damit, dass der
Krieg verloren gehen würde.

Ich war empört. Schließlich war sieben ein Alter,
in dem man sich dem Nationalsozialismus verbun-
den fühlte.

Der Onkel bemerkte meine Unruhe und schickte
mich, den Kronzeugen dieses Volksverbrechens, ins
altdeutsche Schlafzimmer. Dorthin hatte mittlerweile
meine Tante die Urne getragen. Sie stand ziemlich
dominierend auf einem Tischchen vor den beiden riesigen schwarzbraunen Kleiderkästen, aus denen der
intensive Geruch von Mottenkugeln strömte und mit
dem mehligen Rußgeruch des Backwerks verschmolz,
der aus der Urne aufstieg.

Mein Verlangen nach einem dieser verbotenen
Sterne wurde immer unstillbarer. Ich wollte nicht
warten, bis die Tante nach dem Abendessen vielleicht
jedem gönnerhaft einen Stern reichen würde. Nein,
ich wollte jetzt, in diesem Augenblick, wissen, wie
so ein Stern schmeckte. Ich war mir sicher, dass die
Tante die Kekse nicht abgezählt hatte, sodass dieser
Diebstahl nicht auffallen würde. Ich steckte also einen
ganzen Stern auf einmal in den Mund. Er zerfiel sofort zu Staub, der meine Bronchien verlegte und zu
einem Hustenanfall führte.

Als ich gerade in aller Eile die Spuren dieses Mundraubes verwischt hatte, holte mich mein Onkel wieder aus dem Schlafzimmer in die Wohnküche. Dann setzte er sich an den Küchentisch, schlug den „Völkischen Beobachter" auf und wiederholte die für mich so schmerzhafte Prophezeiung: „ I moa, des geht schief."

Unter Hundegebell und Winseln erschien vom Abrichtplatz kommend meine Tante. Sie hatte eine große Kerze mit Masche in den Kirchenfarben für mich in der Hand, denn ich hatte am nächsten Tag Erstkommunion.

Allerdings hatte ich noch immer nicht gebeichtet. Ich fürchtete mich vor meinem Beichtvater fast mehr als vor meiner Tante. Aber im Religionsunterricht hatte der hochwürdige Dechant Stögmüller erklärt: „Wer ohne Beichte zur Kommunion geht, der kommt in die Hölle." Wie die Hölle aussehen könnte, war mir ja von meiner Tante her schon ein wenig vertraut. Also überwand ich mich und ging zur Beichte.

Vor einem Seitenaltar der riesigen Barockkirche ließ ich mich nieder zur Gewissenserforschung. Ich wusste nicht so recht, was ich beichten sollte. Ich starrte auf den goldenen Reliquienschrein des Altars, in dem die Kekse der Tante Julie gelagert zu sein schienen. Was sollte ich beichten? Ich konnte mit den Zehn Geboten nicht sehr viel anfangen.

Am ehesten hatte ich noch eine leise Ahnung von dem, was der Herr Dechant als Unkeuschheit bezeichnete. Es hatte mir aber niemand genau gesagt, was das ist. Wahrscheinlich das Doktorspielen, das immer wieder mit großer Heiterkeit praktiziert wurde.

Es gab dabei allerdings immer mehr Ärzte als Patientinnen. Die Aigner Rosl, die Binder Steffi und die Niederl Frieda:

„Der Nächste, bitte!"

„Herr Doktor, Herr Doktor, i hab so Ohrenweh!"

„Hoserl ausziehen!"

Die Dialoge waren ziemlich einfallslos. Wir waren für die Sünde noch nicht begabt genug.

Wenn man heute zum Arzt geht und sagt: „Herr Doktor, Herr Doktor, i hab so Ohrenweh!", dann antwortet er: „Zehn Kilo abnehmen!"

Also gut, die Unkeuschheit würde ich beichten, aber was noch? Als ich noch einmal in den Reliquienschrein schaute, wurde mir plötzlich siedend heiß. Natürlich: Ich hatte gestohlen. Ich hatte einen Stern der Tante Julie gestohlen.

Beichtstühle sind magische Orte. Tausende Gerüche hängen in der abgestandenen Luft. Der strenge Duft des alten Zirbenholzes hat den Geruch des Weihrauchs inhaliert und umgibt den fast nicht sichtbaren Priester. Aber ich wusste – das war der Dechant Stögmüller.

„Im Namen des Vaters und des Sohnes und des Heiligen Geistes, Amen." Jetzt gab es kein Zurück mehr. „Ich bekenne vor Gott, dass ich folgende Sünden begangen habe: Ich habe Unkeuschheit getrieben!"

Ich machte eine Pause und wartete auf ein Donnerwetter, doch der Dechant sagte nur: „Und weiter?"

„Ich habe die Hunde lieber als die Tante Julie."

Jetzt kam der Dechant näher ans Beichtgitter und sagte: „Ich weiß, mein Sohn, es sei dir vergeben. Und weiter?"

„Ich habe gestohlen!"

Der Dechant fragte nicht was und wann und warum. Nein, er sagte: „Ego te absolvo a peccatis tuis in nomine Patris, et Filii, et Spiritus Sancti. Du betest als Buße ein Vater unser und ein Gegrüßet seist du Maria."

Ich wartete, was er mir noch auferlegen würde, aber er sagte nichts, er fragte nichts, er ließ mich laufen. Halleluja.

Als ich gerade gehen wollte, sagte er noch: „Aber wie wir gelernt haben, musst du den Schaden wiedergutmachen, sonst ist die Absolution wertlos und du kannst morgen nicht zur Erstkommunion gehen!"

Ich lief aus der Kirche und setzte mich auf einen steinernen Engel. Jetzt hatte ich ein Problem. Das Problem von Schuld und Sühne. Wie um Himmels Willen sollte ich das gestohlene Keks ersetzen?

Ich ging nach Hause und dachte nach. Mein Onkel drehte am Radioknopf und hörte BBC. Er beging ein Verbrechen, auf das die Todesstrafe stand, aber er brauchte es nicht zu beichten. Ich hatte da schon andere Sorgen. Bei mir ging es um die ewige Verdammnis.

Ich setzte mich ganz nahe ans Radio und hörte interessiert zu. Es war von schweren deutschen Verlusten die Rede. Mein Onkel sah mich wieder forschend an – kein Zweifel, er wollte mich los sein.

„Darf ich ein Keks haben?", fragte ich ihn.

„Nimm dir eins, auf meine Verantwortung, und verschwinde", sagte er.

Ich schlich ins Schlafzimmer und verließ es wieder, ohne einen Stern aus der Urne genommen zu haben. Damit war wohl der Schaden gutgemacht, vor Gott und der Welt.

Nach der Kommunion fragte mich meine Tante, ob mir der Stern geschmeckt habe, und versuchte gütig zu lächeln.

„Ja", sagte ich und beging damit die Sünde der Lüge. Aber damit musste ich wohl leben.

Pisa

Schöne und elegante Damen der Film- und Theaterwelt werden nicht müde zu betonen, wie schön sie es finden, alt zu werden. Sie haben sich entschlossen, ihren intellektuellen Neigungen nachzugehen, und betätigen sich lieber literarisch, bevor sie das Rollenfach wechseln müssen.

Leider kann ich diese Freuden des Alterns nicht teilen. Für mich hat das Alter nur einen einzigen, aber umso gravierenderen Vorteil: Ich brauche sicher keinen Pisa-Test mehr zu machen. Denn es besteht überhaupt kein Zweifel, dass ich diesen nicht bestehen würde.

Nicht nur deshalb bin ich skeptisch, ob ein einziger Test der Kapazität eines Menschen gerecht werden kann. Ich habe nämlich in meinem Leben viele (Sie erlauben den Terminus technicus) Trottel kennengelernt, die einen außerordentlich hohen Intelligenzquotienten aufzuweisen hatten.

Auch die verhältnismäßig harmlosen Tests in unserem Gymnasium brachten seinerzeit die skurrilsten Ergebnisse. Kurz vor der Matura kamen zum Beispiel zwei mehlige Berufsberater und eine blonde Berufsberaterin in unsere Schule, um uns nach einem ausführlichen Test unsere Berufswünsche auszureden.

Nur mir nicht, denn ich wusste gar nicht, was ich werden sollte. Ich hatte mich zwar von den kindlichen Wünschen wie Lokführer, Radioreporter, Feuerwehrmann, Schauspieler oder Journalist längst verabschiedet, aber blickte einer unsicheren Zukunft entgegen.

Der Test war schwer: Man musste arithmetische Reihen weiterführen, man musste auf einem Blatt Papier, auf dem formatfüllend Zahnräder abgebildet waren, feststellen können, in welche Richtung sich das letzte Zahnrad bewegte, wenn sich das erste nach links drehte. Ich war verzweifelt.

Dann kam ich vor die Kommission. Die blonde Berufsberaterin zeigte mir mit gestrecktem Arm, der aus dem etwas weiten Armloch ihrer durchsichtigen Bluse kam, sodass ich ihren fliederfarbenen Büstenhalter sehen konnte, einen verwischten Klecks und fragte mich, was mir dazu einfiel. Ich sagte natürlich alles Mögliche, nur nicht die Wahrheit, was mir den Vorwurf der Phantasielosigkeit einbrachte.

Als sie mich schließlich mit einem resignativen Seufzer fragte, was ich später einmal werden wollte, sagte ich ohne nachzudenken: „Berufsberater."

Wegen Verhöhnung der Berufsberater wurde ich von der weiteren Berufsberatung ausgeschlossen. Deshalb wusste ich mein Lebtag lang nicht, was ich werden sollte.

Beileid

Die Straßenbahnlinie 71 verbindet den Schwarzenbergplatz im ersten Wiener Gemeindebezirk, also ein Herzstück der Wiener Innenstadt, mit dem liebsten Ausflugsziel der Wiener, dem Zentralfriedhof.

Im ersten, also I., Motorwagen steht ein mittelalterlicher Mann in angemessener Trauerkleidung: schwarzer Mantel, schwarze Schuhe, schwarze Handschuhe. Er wird von einem Freund, der im zweiten Wagen sitzt, bemerkt und mit eindeutigen Gesten dazu bewegt, bei der nächsten Station auszusteigen.

Also steigen die beiden Freunde bei der Schlachthausgasse aus und umarmen sich.

„Ja sag amal, Karl, wie schaust denn du aus? Ganz in Schwarz, wie ein Pompfüneberer?" Pompfüneberer nennt man in Wien die Sargträger.

„Unser Opa is tot – jetzt ham man eineglegt."

„Ja des gibt's do net – i hab eahm do vurige Wochn no gsehn!"

„Ja eh", sagte der Trauernde und unterdrückte einen Schluchzer.

„Sag amal – was hat er denn eigentlich ghabt?"

Der schwarze Mann wischte sich die Tränen aus den Augen und sagte: „Mein Gott na – was hat er ghabt? A schens großes Haus, an wunderbaren großen Garten …" Dann versagte seine Stimme.

„Na, na, Karl, des man i net. I man: Was hat eahm gfehlt?"

Während sie gemeinsam in die nächste Straßenbahn einsteigen, sagt der andere: „Mein Gott na, gfehlt, gfehlt – was hat eahm gfehlt? Gfehlt hat eahm a Garage, a Swimmingpool …"

„ Na", unterbrach der Freund, „an was is er denn gsturbn?"

Der Hinterbliebene versuchte sich zu sammeln, um die Geschichte des Todes seines Großvaters genau zu beschreiben.

„Also wast eh, mir san ja alle Sonntag außegfahrn zur Oma nach Kaisermühlen auf Schnitzel mit Erdäpfelsalat. Da gibt die Oma dem Opa a Taschn in d' Hand und sagt, geh hol a paar Erdäpfel für'n Salat aus'n Keller, Opa. Aber pass auf, des Liacht is hin. Na, der Opa nimmt die Taschn, fliegt über die Kellerstiagn, bricht si's Gnack und is auf der Stell maustot."

„Na servas." Der Freund kondolierte: „Mei Beileid. Was habt's denn dann gmacht?"

„An Reis!"

Inhalt

Vorwort 5
Die Geschichte meiner Schreibmaschine
Olympia International Ser. Nr. 6849 7
Das Gutruf 15
Mittelwelle 17
Airborn 22
Provisorium 31
Olympia 34
Alles Walzer 37
Trabucco mit Spitz 41
Warum in manchen Zeitungsredaktionen
Boxer arbeiten 46
Missverständnis 52
Standard Steel 56
Verbrecherjagd in Wien 62
Der dressierte Tod des Oberst Anton Bäuml 65
Das goldene Wienerherz 82
Wien für Anfänger 85
Liebestod 89
Der Auto-Autist 91
Denken 98
Eine Ansichtskarte 100
Humor 117
Hi-Jagging – Geschichte einer Geiselnahme 121
Auszeichnungen 129
Gora 131
Verstellung 141
Ein Winterschal 142

Der Doppelgänger 149
Der Anschluss 151
Schuld und Sühne 154
Pisa 161
Beileid 163